小学館文庫

もうあかんわ日記

岸田奈美

小学館

はじめに

「もうあかんわ日記」をはじめるので、どうか笑ってやってください

2021/03/10　21:00

「いま神戸市北区の実家にいるよ。母のお見舞い行ってくる」

写真を撮って、東京にいる友人に送った。

返ってきたのは。

「眉毛《まゆげ》は？」

の一言である。

眉毛がない。うっすらとあるけど、いつものように描いてないし、髪と同じ色に合わせてない。つまりはすっぴん。東京では考えられない。

いいよね、慣れ親しんだ田舎の地元って。こうやって気軽に外出できるし、メイクする手間もないし。楽だわ。ここで、丁寧な暮らしをしよう。

んなわけ、あるかい。

丁寧な暮らしをしてるんじゃなくて、眉毛を描いたところで、この町ではだれもわたしの眉毛などに興味をもってくれないのである。

ごめん。「神戸といわれてみんなが想像する海沿いのおしゃれな町」とは似ても似つかない、山と田んぼに囲まれている神戸市北区を、ディスってるわけではないよ。だから、神戸市北区の民たちは、振り上げたクワやらカマやらを、いったん下ろしてほしい。

いいところもある。イオンが隣町にできたとか。山を抜けて三宮へ向かう電車の運賃が、2駅区間550円(初乗り運賃が日本一高い)だったときは口汚くディスりまくったが、それも市営化で280円までに下がったとか。

それはさておき、わたしのごく近しい生活圏内にかぎって、だれもわたしに興味をもってくれない。

いろんなことが、ありすぎた。

一言でいうならば、いままで見て見ぬフリをして、だましだましかわしていた問題が一気に噴出した。天から兵糧攻《ひょうろうぜ》めをくらっている。

はじまりは、いつまで経ってもよくなる気配のない、母の微熱だった。

あれよあれよという間に悪化していき、「心内膜炎」という名前がついたと思えば、「死ぬかもしれんよ」といわれる手術が始まった。

しかし、その母の入院により、ばあちゃんと弟と、2匹の犬が住まう実家の留守をわたしが預かることになった。

いわゆる一国一城の主《あるじ》だが、この城はちゃんちゃんばらばら、謀反《むほん》と天災だらけで。であえ、であえ。いや、であわんといてくれ、殿中《でんちゅう》であるぞ。実家やのに。

もともと、ちょっともの忘れが出てきたなあ、くらいに思っていたばあちゃんが、なんか、一気にやばいことになった。

ばあちゃんの頭のなかでは、母の入院はなかったことになり、わたしは中学生になったり大学生になったりした。学生の本分は勉強ということで、部屋で仕事でもしていようもんなら、「寝なさい！」と激しく怒って突撃してくるようになった。ビデオ通話で打ち合わせをしているたびに突撃してくるので、いつしか突撃は「おばあチャンス」と呼ばれるようになった。冷蔵庫にあるすべての食材を、魔女のごとく大鍋で煮込み、ソースまみれにするか、腐らせた。

ばあちゃんに悪気はない。タイムスリップしているだけだ。母のいない間、孫を預かっているからと、優しい責任感で突き動かされている。にしても、このままだと落城してしまうので、ばあちゃんが使える福祉のサービスをあわてて調べることになった。

弟は生まれつきダウン症だけど、身のまわりのことはだいたい自分でできる。なので穏やかだったのだが、ばあちゃんがやばくなったので、つられてやばくなってしまった。

タイムスリップして忘却の彼方《かなた》へ飛んでいくばあちゃんの変化についていけず、怒ったり、泣いたり、情緒が一本下駄を履《は》いてしまったのだ。わたしのようにバリエーション豊かな抗議と屁理屈《へりくつ》の言葉をもっていない彼は、言葉にならないもどかしさで、悔し涙を目尻にため、顔を真っ赤にしてドスンドスンと床を踏み鳴らした。ドスンドスンの拍子に、リビングでガタついてる扉が割れてしまった。温厚な弟は音と破片にショックを受け、片づけながらぽろりと涙を流した。

そろそろ弟も、グループホームなどを利用して、自立するときが迫っていたので、この機会にばあちゃんと離そうと考えた。

戦略的一家離散というわけだ。

思いついたはいいが、この奇策は想像以上にあかんかった。福祉のサービスに頼ろうとしたものの、手続きが、めちゃくちゃ大変。体力と精神力がバーゲンセールの品物のごとく、片っぱしから奪い去られていく。なんでそんな仕組みになってんねんと叫び出したくなるくらい、果てしなくめんどくさい。

ついさっきも、

「正式な手続きをする前の、仮の手続きをするための、念のための挨拶」

という名目で、わけもわからず仕事を断り、半日空けた。

担当してくれる人は、ほとんどいい人で、たまに首をかしげたくなるくらいずっと機嫌の悪い人もいる。その差がまた、しんどい。

でも大丈夫、大丈夫。

これを乗り切れば、ばあちゃんと弟のことは、ひと安心だから。

そう思っていたら、めったに鳴らない実家の固定電話が鳴った。フラグを立ててはいけないことを学んだ。

10年以上入院していたじいちゃんが、ぽっくり亡くなったという知らせだった。

なにがなんやらわからないうちに、気がつけば、家のどこにも見当たらない喪服の代わりを探し、夕方の町を駆け抜けていた。

そのまっただなか、なぜか洗濯機と掃除機と電子レンジが、いっぺんに壊れた。

「俺たちはもうここまでかもしれん」という、静かなる断末魔の叫びが聞こえた気がした。

タイムスリップしたばあちゃんは、なぜか「犬があまり好きではなかった」というホコリまみれの記憶をいまさら引っ張り出したらしく、急に犬たちを追いまわすようになった。ストレスなのか、仕返しなのか、犬たちもおしっこを撒《ま》き散《ち》らして応戦を始めた。掃除で1日が終わっていく。

手術が成功して命が助かっても、母は3か月は安静で、1年は働けないだろうということだった。家計を担うのは、わたししかいない。

書く手を、歩く足を、止めてはいけない。止めると、ライフラインが止まる。

父はすでに亡くなっている。わたしが中学生のとき、急性心筋梗塞だった。

母は十数年前にも一度、「大動脈解離」という病気で倒れ、生死をさまよったことがある。運よく命は助かったが、後遺症で下半身が麻痺《まひ》し、車いすユーザーになった。いろいろあったけれど、そのいろいろを経験して、そのあとは穏やかに家族で仲良く暮らした。わたしは2020年、会社員を辞め作家として独立し、東京でせせこましく活動していたのだが。

現代社会のいろいろな問題が、かっぱ寿司のすし特急に飛び乗って、わたしのもとにやって来た。

やめてください。注文してません。寿司を食わせてください。

ひとつひとつ、問題をクリアしていっても。息も絶え絶えなところで、さらにでかい問題が立《た》ち塞《ふさ》がり、気力がスリの銀次にもっていかれる。

「もうあかんわ」

心から思った。

だけど。もうあかんくなっても、ひとり。

よく、介護のパンフレットの表紙なんかには、祖父母に優しく笑いかけている写真が載っている。

あんな笑顔、できるかいな。少なくともわたしには。

愛する家族だから、一緒に住んでいるから、笑いかけられないのだ。

どんだけがんばって、心穏やかに接しても、ばあちゃんはすぐに忘れてしまうし。弟は言葉のすべてをわかってくれるわけじゃないし。母には心配かけられないし。

そのうち、家族と話すのがつらくて、わたしは北側のおそろしいほど寒い部屋にひきこもるようになった。

なにが悲しいって、どんだけしんどいことが起きても、わたしの話で笑ってくれる人がだれもいないこと。

かのチャップリンは、「人生はクローズアップで見れば悲劇だが、ロングショットで見れば喜劇だ」と言った。

わたしことナミップリンは、「人生は、ひとりで抱え込めば悲劇だが、人に語って笑わせれば喜劇だ」と言いたい。

みんなも心当たりがあるだろう。悲劇は、他人ごとなら抜群におもしろい。

ユーモアがあれば、人間は絶望の底に落っこちない。

つねづねそう思っていたけど、気づいたのは、ユーモアは出演者に向けることはできない。ばあちゃんと弟にユーモアで話しても、なんも通じないし。ユーモアがかっぱ寿司のすし特急のごとく、すべっていくだけだし。

悲劇を喜劇に変えるためのユーモアは、出演していない観客、つまり、これを読んでいるあなたたちにしか向けられない。

「やばすぎ、ウケるわ」「ばあちゃん、どないしてん」

理不尽なこの日々を、こうやって笑い飛ばしてもらえたら、わたしはそれで救われる。同情はいらない。やるべきこともぜんぶわかっているので、家に駆けつけて手伝ってほしいわけでもない。

ただ、笑ってほしい。悲劇を、喜劇にする、一発逆転のチャンスがほしい。

心のどこかでわたしは、「たしかにしんどいけど、これはこれで、おもしろいよな」って思っているのだ。数年後には笑い話になると信じているのだ。そういう明るい自分を、わたしは見失いたくない。

でも、このままひとりで抱えとったら、もうあかんわ。

そういうことで、『もうあかんわ日記』を始める。

読んでくれる人がいるだけで、語る意味ができる。悲劇を書けば書くほど、喜劇になっていく。

もうあかんので。あかんくなる前に、助けてほしくて、書き続ける。

ネットという大海で、名前も顔も知らない人たちに「夜9時になったら、毎晩ブログで集合」と約束して、公開し続ける。

いつか自分で読み返したら、こりゃあかんわ、とひとりでつぶやきたくなるんだろうな。

でも、書くことで、わたしはたしかに救われるはずだ。

だれかに笑ってもらいたくて書く日記は、だれよりわたしが笑うための大切な作業だ。

もうあかんわと思っている、すべての人に。

わたしのもうあかん毎日を、小さく高らかに捧げたい。

もうあかんわ。

イラスト　岸田奈美
ブックデザイン　祖父江慎＋根本匠（コズフィッシュ）

もうあかんわ日記

もうぁかんわ日記前夜1

2021/02/04 02:50

オカンが高熱、わたしは気絶

今日で母の高熱が続いて13日目。原因不明。ゆるやかに下がってることが救いだけどもしんどい。見てるのもしんどい。なんもできん。

ことのはじまりは11日前。母から「熱が下がらない」とLINE《ライン》がきて、深夜にむくりと起きた。

寝耳に水ならぬ、寝耳に通知である。「大丈夫？　いつから？」と、視力0・05の裸眼でスマホをニラミつけながら、文字を打った。

途中まで打ったところで、そんなことしとる場合かと思ってすぐに電話をした。

「いつからあんの」

「一昨日の昼から」

「何℃？」

「38・9℃」

「死ぬど⁉」

岸田家は父方の祖母の代から、脳で処理し切れないことが起こると「死ぬど⁉」と口走ってしまう伝統がある。

「えっ、それコロナちゃうん」

「どうやろう。咳《せき》とか息苦しさとかはないんやけど」

「動ける？」

「動けん」

家にいるのは、高齢で日に日に行動が大雑把《おおざっぱ》になっている祖母と弟、元気な犬が2匹である。岸田家唯一の運転免許保有者である母がいなければ、亡き父が愛し、わたしが全財産を使って買ったボルボもただの鉄の置物と化す。実家は田園風景に突然現れるニュータウン（40年経ってもニュータウン）で、車がなければどこへも行けない。

家族きっての健康なわたしが東京へ出稼ぎに来ているいま、要の母を失った岸田家の運営は、ピッチャーを引き抜かれた弱小球団または砂上の楼閣《ろうかく》のごとくサラサラと崩壊している。

バグだよね。わたしもバグだと思うよ。どんな家庭状況やねんと。

でも生きるためにしかたないんだわ、この布陣は。

わたしはすぐに時計を見て、新幹線の始発までの時間を数えた。

「明日の朝一番に帰るわ」

遠慮する母を押し切り、すぐに荷造りを始めた。2日間用のキャリーケースに5日分の服を押し込み、入らない分はビックカメラの紙袋に入れた。爆買いした人みたいになった。

「発熱　病院」をスマホで調べる。

コロナの検査をするにも、まずかかりつけ医に電話で確認が必要らしい。発熱外来といって、コロナ感染のリスクのある患者さんを受け入れているかわからないからだ。

運が悪いことに、今日は土曜日。母のかかりつけ医である大学病院は、土日は休みで、電話もつながらない。ウェブサイトには「当院ではコロナ感染疑いの患者さんは診られません」と書いてある。

かかりつけ医に……かかれない……！

「神戸市コロナ診てくれる病院」というアホな検索ワードで調べても、「うちでは診れんのやわ」みたいなPDFデータしか出てこない。あかん。

神戸市の福祉局に電話すると、なんと土日もつながる相談窓口があった。

「かかりつけ医が、土日は休みで電話もつながらなくて、どうしたらいいでしょう」

「どちらです？」

「神戸大学医学部附属病院の心臓血管外科です」

「えっ？」

電話口の女の人がちょっと動揺した。

かかりつけ医ってのは、近所で気軽にかかれるお医者さんのことで、個人医院とかが多い。たいそうな病気になったらやっと行くのが大学病院で、予約に1週間、診察待ちで2時間くらいかかる。

だけど母のかかりつけ医は、その大学病院なのだ。

十数年前に大動脈がバーンッとなって、心臓に人工血管を通すという土木建築みたいなことをしたため、定期的に検査や手術を大学病院でやる必要がある。

「それは……ちょっと、ほかの病院では断られるかもしれませんね」

「なんですと」

「重い基礎疾患があるので、もしコロナで重症になったら、設備のない病院では受け入れるリスクが高すぎるからです。心臓血管外科の先生の指示がないと」

重症化するリスクが高い人ほど入院できるのかと思っていたけど、その逆だった。リスクが高いから、診てもらえないとは。死ぬど。

「お近くで発熱患者を受け入れている病院のリストを送ります。申し訳ありませんが、電話して聞いてみて、無理だったら……」

「無理だったら?」

「救急車を呼びましょう」

もらったリストに電話してみると、9件に断られ、心が折れそうになった。死ぬど。病院を責めるつもりはない。医療従事者の人たちもいっぱいいっぱいで、命を救うために奔走している。でもわたしは、わたしの家族の命をあきらめられない。なにもできない。電話をかけるしかない。しんどい。断られるのがしんどい。

そしたら、最後の1件だけ「車で来れるなら、診れます」と受け入れてくれた。泣きそうになった。

電話を切ったあと、はた、と気づいた。

車を運転できるやつ、おらん。

母が自分で運転できるやろか。いや39℃やぞ。天界へのアクセル踏んでしまうぞ。

近所の個人タクシーの会社に連絡したら、「発熱している患者さんはちょっと……少人数でやってるもんで」と断られた。詰んだ。

状況を伝えていた友人がしびれを切らし、「行く」と名乗り出てくれた。運転だけとはいえ、もし母がコロナだったら、感染するかもしれない。

「ここで協力せずに、奈美ちゃんのお母さんになにかあったら、その方が耐えれない。幸い、自分は人と会わずに済む仕事だから」と言って、自分の家族にも電話で説明し、覚悟を決めて車を出してくれた。

道中、何度ありがとうと言ったかわからない。そんな言葉だけではぜんぜん伝わった気がしなくて、もどかしい。わたしは言葉を書く仕事なのに。

東京から神戸の実家に到着した。

ぜえぜえ、ががたがたふるえる母を車いすに乗せ、ボルボにヨッコイショし、友人の運転で病院へ向かった。

駐車場に車を停めると、雨のなか、完全防備の看護師さんが検査キットを持ってやって来てくれた。

「窓から顔を出してくださーい」

母が窓から顔だけを出して、綿棒で鼻をグリグリされていた。

車内で待っていると、今度は受付の人から電話がかかってきて、「検査の結果が出たので、外にある仮設の診察室に来てください」とのことだった。

ボルボから降り、母の車いすを押した。

母はぐったりしていて、もはや車いすというより、台車を押してるのに近い。重い。

仮設の診察室ってなんやろなと思ったら、救急の入り口の近くにあるＭＲＩ室を、急遽《きゅうきょ》コロナ疑い患者専用に開放した場所だった。

「ええとねコロナウイルスも、インフルエンザウイルスも、陰性でした」

体中から力が抜けるようだった。ぐったりしてた母がこのときだけは「ああ……」と目をぱっちり開いて、言った。

母は本当に死を覚悟していたらしい。

「もちろんね、この検査は100％正確ではないんですけど、いまの段階では可能性はすごく低いから。症状もね、コロナとはちょっと違うみたいだし」

じゃあ原因はなにかというと、先生にもわからなかった。不明熱というやつだ。現状、命にかかわるような検査結果ではなく、他人に感染する病気である可能性も低いので、抗生剤を飲み、自宅で様子を見ることになった。

診察から1週間、わたしは仕事をキャンセルさせてもらい、実家に泊まり込んで看病した。

母はどんだけしんどくても、うわ言のように「そば食べたい」「おにぎり食べたい」「そば食べたい」を2時間ごとに繰り返すので、バイトのごとく、せっせとつくってあげた。

祖母は冷蔵庫にある野菜をひたすらに醤油《しょうゆ》で煮込むなどした。ありがたいがすべての食材が同じ味になるので、「ちょっとやめとこ」と、わたしが交代した。

弟はときおり母の部屋をたずね、その日見つけたかわいいものを「かわいい」と報告するなどした。かわいいものは健康にいいので、この行動は正しい。

かわいいといえば、うちの犬、トイプードルの梅吉である。

母の部屋からリビングに戻ると梅吉がいなかったので、あれれと探しまわると、母の部屋にいた。

「家主が具合悪いから、心配してくれとんか」と感動したが、部屋の扉を開けると、母の胸の上で彼はキャンキャンと駆けまわっていた。

梅吉…お前…っ！

あわてて母のもとから引《ひ》き剝《は》がすと、「あばらが……折れる……」といううめき声が聞こえた。

家主のあばらを耕《たがや》すな。


どうやりくりしても外せない仕事で、1週間後、東京へ戻ることになった。

新幹線を降りてすぐさま、ラジオに出演し、自宅に着くなり「ふげェ」と体から空気が抜けるような声を出し、わたしは眠った。夜の0時だった。

次の日は夕方6時に起きた。そしてそれが、3日間続いた。

ぜんぜん眠くないのに。こわい。体、どうなってんの？

知り合いの医師に聞いたら、こうだった。

「たぶんそれ、気絶してるんです」

気絶⁉　マンガのよく訓練された軍人に、手刀《しゅとう》でやられるやつじゃん！

「脳を使いまくると、脳も疲れるんです。でも体と違って、脳を休ませるには、気絶するしかないんですよ。浅い眠りだと、休まらないんで」

これを聞いてからわたしは、長時間寝ることに罪悪感を一切もたなくなった。眠いってのは、それ、体が休みたがってるサインだから。好きなだけ寝たらええんよ。

母はまだ、発熱が続いている。いまは37℃台まで下がってきて、大学病院にも電話越しに診察してもらっているけど、峠《とうげ》は越したでしょうとのこと。

最悪の状況になってなくて、よかった。診てくれる人が、味方になってくれる人がいて、よかった。

もうね、わたしなんかができることとつったら、この経験を細かく伝えることしかないのよ。同じような状況で、困ってる人のために。

書けることはぜんぶ、書いていこうと思う。

もうあかんわ日記前夜2

命を守ろうとしたあとの折り合い

2021/02/09 03:02

「熱が40℃近くから下がらない」って母から言われたのが、2月5日の深夜だった。

前回の診察から微熱に戻ったので、仕事のために一度、東京に戻っていたわたしは、

「あっ、これはあかん」と思った。

39℃は経験したことあるわたしだけど、40℃はない。

39℃はマジで獅子《しし》身中《しんちゅう》の虫どころか獅子身中のモスラのレベルで体が痛かったし、冷凍庫にぶち込まれたかと思うくらい寒かったし、しんどいという言葉では形容できんかった。それよりも高い40℃は、もうあかん。

熱というのは、夜に上がることが多いらしい。

だからこういう連絡があるのはいつも夜だ。電車も飛行機も動いていない。ただ、朝を待つしかない。待つというのは、一番精神力がいるアクションだと思う。移動す

らできない無力さに、じわじわと心が削られていく。なんの役にも立たない。

でも、わたしの体のよくできているのは、心が削られていくと途端に眠りに落ちていくことだと思う。気がついたら、寝ていた。

朝になって、新神戸に向かうのぞみのなかで、電話をかけた。急ぎで検査をしてくれた小さな病院ではなく、十数年前、母にやばい心臓外科手術をしてくれた大学病院に。

「わかりました、すぐに来てください」

大学病院はコロナ疑いの発熱患者を受け入れていないので、前は来てはいけないと言われたのだが、あっさり受け入れてくれた。先に小さな病院の発熱外来へかかって安心してしまったことを後悔しかけていたけど、そこで検査を受けてなければ、こうはいかなかったかもしれない。

救急車を呼ぶか迷ったが、母もわたしも気が引けてしまい、母は友人の車に乗せてもらって、わたしは新幹線と電車で、大学病院に向かって合流することになった。

電車に揺られながら、思い出したことがある。

母が大動脈解離で病院に搬送され、救命救急センターに横たわっていたとき。手術は確定だったのだが、手術にとりかかるまで、やけに時間がかかった。看護師さんから、「いまもうひとり、急患が運ばれてきたので、お待ちください」と言われた。騒がしかった。

パーテーションをへだてて、わたしのようにただ祈るしかない家族のすすり泣きが聞こえてきた。

あのとき母は、「ぜんぜん痛くない。むしろめっちゃ気持ちいい」と言っていたのだが、とりあえずの待機でモルヒネをガンガン打たれていたらしい。人間の錯覚はすごいぞ。

母は手術室へ入り、一命をとりとめた。

あとから聞いて、びっくりしたことがある。

実はあのとき、運ばれてきたもうひとりの急患は、母と似た症状だった。しかし、このむずかしい手術が得意な執刀医は、ここにひとりしかいない。

どちらを先に手術するか。そういう話が行われていたそうだ。

ちなみに、どの病院のどの先生と話しても、母はその先生が手術しなければ救えなかったはずとのことなので、母が先に選ばれなかったら、死んでいた。

このときの感情は、ずっとあらわすのがこわかった。

「命が助かってよかった」というこらえがたい喜びの裏に、ずっと「もうひとりの患者さんはどうなったのか」というおそろしさがある。かといって、母の命を、譲る気にはどうやってもなれない。わたしは、聖人じゃない。

病院で命を救ってもらうというのは、ときに、そういうことで。ときに、だれかの命があとまわしになったり、比べられたりすることがある。

あの日、わたしたちは、選ばれた。だれかより先に。

パーテーションの向こうで泣いていた知らない家族の声が、いまでも耳から離れない。

なんでこんな薄ら暗いことを思い出したかというと、「救急車を呼ばなかったことで、母が危険な状態になったら」という不安が、頭をよぎったからだ。

でも、そういうもしもは、たぶんこの先なんの役にも立たない。自分の選択を、励ますように、折り合いをつけていくしかない。

たぶん母は、「あのとき、わたしは命を救われたから」と許すだろう。母のいままでの生き方には、そういう姿勢がにじんでる。

きっと、今日のわたしたちが呼ばなかった救急車は、もっと困っているだれかを助けに行ったんだ。家族も友人も手が届かず、動けない、だれかを。過去の母のようなだれかを。でもこれはあくまでわたしが勝手に自己修復のためにつくったストーリーで、本来なら、命が危ないと思ったら迷いなく救急車を呼んだ方がいいはずだ。

病院に着き、グッタリした母と合流した。いまにも車いすからズルズルと滑り落ちそうだった。

母の主治医がやって来た。

血圧と酸素濃度をはかって、肺炎かどうかのCTを撮り、「いまこの瞬間、命が危ないというわけではないです。なんらかの細菌感染だと思いますが、原因がわからないので、入院してもらいます」と言われた。原因がわからないのはこわいけど、入院できた、ということだけで、なんだか安心して体の力が抜けそうになった。自宅で2週間以上も高熱にうなされていたあの不安からは、やっと解放される。

「入院どれくらいですか？」

「原因がわかるまで1週間か2週間、手術が必要になればもっとです」

「手術……」

「それで、娘さんには申し訳ないんですが」

「はい」

「コロナ対策で、患者さんとの面談は一律お断りしているんです。なので、ここでお母さまとは、いったん……」

心の準備がまったくできないままに、わたしは突然、母と会うことができなくなってしまった。

もうあかんわ日記前夜3

みんな、会えなかったひとがいる

2021/02/10　01:05

母が入院した。

病院には5回足を運んだけど、一度も母の顔は見ていない。見れない。感染防止対策で、患者さんとの面会は一律、禁止なので。わたしが最後に見たのは、グッタリして「ほな、さいなら」とつぶやく、とてもシュールな母だ。

新喜劇の幕引きとちゃうねんぞ。

入院した母は、まず病名を特定させなければということで、いろんな抗生剤を入れたり、あちらこちらを検査したりすることになった。

「食道カメラが、想像の5倍くらい太かった。ＨＤＭＩケーブルを10本束ねたくらいある。いやや、いやや」

3時間おきくらいに、実況の電話が母から入ってきた。

カメラがいやだと泣きついたら、先生が鎮静剤で眠らせてくれたらしい。ただ、鎮静剤が効きすぎて、入れる前から眠ってしまい、気がついたらベッドの上にいて、「これはこれで物足りんな」とさみしそうに言った。

知らんがな。

元気そうな声なのだが、それは本人いわく「高熱に慣れちゃった」だけらしく、39℃くらいの熱はずっと出ていた。

ベッドから身動きがとれないので、ペットボトルの水、お茶、ジュース、着替え、Netflix《ネットフリックス》の韓国ドラマをぶち込んだタブレットなどを持ってきてほしいと母から頼まれた。

「お茶とか水って、食堂の給湯器から看護師さんが出してくれへんかったっけ?」

「コロナ対策中は、それができひんのやて」

なんと。

どうりで病院の入り口に、ペットボトル飲料がいっぱい入った段ボールを抱えて持ってくる人が多いと思った。

ありったけの飲み物などをスーツケースに詰めて、弟と病院を何回か往復した。片道、電車で1時間半かかった。

「ジュース、500ミリの大きな方にしいや」と何回言っても、弟は小さい方を買うので、なんでだろうなと思ったら。

エコバッグの内側に縫いつけられた、たたんで収納する袋部分にぴったりはまる大きさにこだわったらしい。そうか、そうか。きみは隙間《すきま》を見つけたら、埋めずにはいられない性格だったな。

病院に着き、入院棟のナースステーションに行ったけど、荷物をそこで預けるだけで、母には一度も会えなかった。

ただ、忙しそうな看護師さんから「これお願いします」と、母が着ていた服の入った袋を渡される。まだ、あたたかい……。それだけでなんかうれしかったけど、コナンみたいなそのセリフを人生で使う日がくるとは。

さあ帰ろうと1階の待合室を通ったら、40歳くらいのお母さんぽい人と、まだ小さな女の子が、手をつないでいすに座っていた。女の子は泣いていた。

「おばあちゃんに会いたい」

ぐずる女の子を、お母さんがなだめていた。

この病院では、7月以降、感染対策で面会を禁止にしている。つまり7か月間、お盆も、クリスマスも、お正月も、家族や恋人に会えていない人がいるということだ。

母は十数年前、下半身麻痺《まひ》のきっかけになった手術の長期入院を経験して、一度メンタルがダウンした。死にたい、と打ち明けられた。そんな母が唯一、うれしそうに振り返るのが「奈美ちゃんが病室に遊びに来てくれるのがなによりの楽しみだった」という記憶だ。

それも、いまはできない人たちが大勢いる。当たり前にいる。そこらじゅうにいる。もしあのころの自分だったら。ゾッとした。いまでも、そこそこ、つらいんだけどね。これよりもってことだから。

こんなお知らせの紙も、病棟に張り出されていた。

「終末期がん患者病床においても、面会の制限をします。主治医が予後1週間と判断した患者は、15分間のみ面会可能です」

目を疑うほどの衝撃だった。

末期がんの人ですら、余命予後1週間と診断されなければ、家族に会えない。しかも、会えたとしても、15分。

残された時間の少ない、大切な大切な人と、たった15分。

想像ができなかった。

Twitter《ツイッター》（現X《エックス》）でも、たくさんの人が教えてくれた。

「死ぬかもしれない手術なのに、病院で待つことができなかった」

「入院してる5歳の子どもが、電話口でずっと泣いてる。だけど行ってやれない。つらい」

わたしがすごくお世話になっている絵の先生は、「俺も先月、おばあちゃんの死に目に会えなかった。亡くなってから電話がきた」と、悲しそうにしていた。

医師や看護師のみなさんからも、いくつかメールをもらった。

「本当につらい。医療は体を救えるけど、心を救えるのは患者さんのご家族やご友人だけだから」

「危なくなってから、やっと〝会いに来てください〟って電話をする。心が折れそうになる。悔しい」

みんな、悔しい。しんどい。

でも、このつらさを、吐き出せない人がいっぱいいると思う。だって、しかたがないから。コロナのおそろしさがわかるから。だれも悪くないから。みんな我慢してるから。

だから、吐き出せない。

どんだけ、どんだけ、つらいことだろうかと思う。つらいという言葉ではあらわせない。人は無力をさとったとき、死に直面したときと同じくらいのストレスを受けるそうだ。死ぬほどつらい。でも、生きなければいけない。

もうあかんわ日記前夜4

12年ぶり、2度目の生還

2021/02/12 10:04

検査の結果、母は感染性心内膜炎だった。

感染性心内膜炎は、歯や傷口から入ったばい菌が、血液で運ばれて、心臓に巣をつくる。

12年前に母は大動脈解離の手術で、心臓の弁と血管を、人工のものに取り替えた。その弁が、ばい菌に食い荒らされて、グズグズに壊れてしまった。

エコーっていうのかな、心臓がばくんばくん動く白黒の映像を見たんだけど。血液がすごい勢いで逆流してて。

ここからは、先生から受けた説明。

手術しなければ1週間以内に心不全で亡くなってしまう確率が100%。病院に来るのが、あとちょっと遅かったら、もうだめだった。

手術の死亡率は7%。手術中に脳梗塞や脳出血を起こす危険もあって、そうすると上半身にも重い麻痺《まひ》が残る。

「12年前の大動脈解離の手術と、どちらがむずかしいですか」

と母が先生に聞いた。

先生の返事は、

「ほぼ同じくらいです」

でした。

ゴリッゴリに追い詰められるあの状況をまた味わうのか。ふたりで昔を思い出して、気が遠くなった。大動脈解離の手術のときは、命が助かり、重篤な後遺症もない成功確率は20%だった。

説明の場が設けられたので、入院したきり会っていない母と、3日ぶりに顔を合わせることができた。

それが、生きている母との、最後の会話になるかもしれなかった。

説明が終わって、ふたりで会話できたのは、3分もなかった。

「これが最後かも」と言う母と先生を見て、なにも言えなかった。

ここで泣いたらダメだ、母を不安にさせちゃう、と思ったけど、泣くのを我慢すると声って出なくなる。うまく笑えない。

「パパが向こうで呼んでても、絶対に行ったらあかんで」

心筋梗塞で亡くなった父は母のことが大好きだったので。

茶化して明るく言ったつもりが、ダメだった。

ぼろぼろ泣いてしまって、母の背中をさすりながら、「大丈夫」としか言えなかった。そのまま母は、病棟の向こうへと、看護師さんに連れられて、消えていった。

家に帰ってから、母と電話をした。

「わたしは、死んだらもう、なんもわからん。手術中は意識もないから、痛くもない。でも、残される人のつらさはよくわかる。だから家族を残して、死にたくない」

「うん」

「死にたくないよ」

「……うん」

父と会話できずに死に別れた経験と、母が死にかけた経験の両方あって、「もうあんな後悔するか！」って心に決めていても、こんなもんだ。気の利いた言葉なんて、なんも言えん。

最後の言葉なんか、なんも出てこない。

死んでほしくない。

手術は朝10時に始まって、夜21時に終わった。

待ってる時間が、途方もなく長い。前は、病院の待合室で、祈りながら待っていたけど。いまは、病院に行ったらダメなので、家でじっと待つしかない。

死んだらどうしよう、まだあれできてないこれ言えてない、っていう後悔と恐怖でグルングルンになる。でも、ふと顔を上げれば、テレビやスマホの画面にも、窓から見える景色にも、ほかの人にとっては日常でしかない日常が流れてる。

キツイ。自分の心とかけ離れてる日常って、めちゃくちゃキツイ。

寝ようと思って目を閉じると、どうやっても母が浮かぶ。

いい想像ばかりしようと努めるけど、いい想像の裏にはかならず、悪い想像がある。手術が成功しなかったら。後遺症で目が覚めなかったら。

布団のなかにくるまって、いやだ、なんで、やめて、と声に出して泣いた。

家にいる、ばあちゃんと弟の前では、絶対に泣けない。

弟は状況がよくわかっていない。わかるとしたら「ママが病院にいて、手術」という最低限の情報くらいだ。そんな弟の前で泣いたら、弟の方がパニックになってしまう。

おばあちゃんは、母が手術するって言うと、泣きそうにアワアワしたかと思えば、2時間後には「ママはいつ仕事から帰ってくるんかなあ?」と忘れていた。もう一度説明して、またアワアワオロオロさせるのは、寿命を削るだけだ。

なので、できるだけ部屋にこもり、ひとりで泣いていた。

遅すぎるほど遅く過ぎていく時間をやりすごすために、わたしがやったこと。

最初に手をつけたのは、マンガとか、ドラマ。でも、不意打ちでけっこうリアルな怪我《けが》や死の描写が出てきちゃうので、やめた。

次にやったのが、ドラゴンクエストⅣ。スマホでできるやつ。奮発して買ったんだけど、これはよかった。

頭を使ってダンジョンをクリアする気概《きがい》はなかったので、ひたすらマップをうろうろし、雑魚《ざこ》の敵を倒して、レベル上げ。それだけ。クリフトのレベルがひたすら上がり続けてキアリー覚えたけど、キアリーが必要な敵なんて、序盤のマップに出てこない。クリフトを強く育てすぎてしまった。

なにも考えず、無になれた。スマホでできるファミコンやプレステのなつかしゲームは、おすすめだ。

お昼ごろ、編集者の佐渡島さんと、オンラインで打ち合わせがあった。

いつもは小説やエッセイについて話し合うけど、そんな余裕はないので断ろうとしたら、「雑談でいいんだよ、雑談しよう。それだけで時間が過ぎるから」と言ってくれた。

案の定わたしは、最初から最後まで泣きっぱなしだった。

佐渡島さんはもらい泣きしたり、過剰に励ましたりせずに、静かにどっしりと構えて、ただただ聞いてくれた。ここでわたしより動揺して心配されてしまったら、たぶんわたしは「申し訳ない」と思って、なにも吐き出せずに強がってしまったはずだ。

コルクという作家の事務所に所属していて、よかったと思う。思考停止しているわたしの先まわりをして、執筆や取材のスケジュールを調整してくれ、お金の相談までのってくれた。

「岸田さんがきっと消耗してるだろうから」と言って、手術が終わったあとに信頼できる心理カウンセラーさんとの面談も入れてくれた。

打ち合わせの終わり際、佐渡島さんに「強制的にでも眠らせてくれるところに行った方がいいかもよ」と言われて、それって手刀《しゅとう》してくれるHUNTER×HUNTERのキルアみたいな暗殺者のところかなと思ったけど、どうやらリラクゼーションサロンのことだった。

しばらくお風呂にも入ってないのを思い出したので、病院から近いところにある、仮眠所がついている温泉施設に行ってみた。炭酸泉にゆっくり浸かって、出たら、1時間だけだったけど深い深い眠りに落ちて、起きたら頭がすっきりさっぱりしてた。

「……あ、もう1時間過ぎてる」

時間が過ぎ去っていったのが、なによりうれしかった。

家族が手術してるのに、温泉行くなんて、わたしだけじゃ思いつかなかった。そんなことすすめてくる人も、行く人も、不謹慎だって言われそうじゃん。

でも、それは違うね。行った方がいいね。

ハラハラしても、ドキドキしても、手術の結果は変わらないのだ。

わたしはメスもにぎれないし、神通力《じんつうりき》ももっていない。無力だ。無力だからこそ、無駄に消耗するより、少しでも楽でいられるように時間を過ごすべきだ。

温泉にあった足湯つきの屋上から、夜景が見えた。高速道路を行ったり来たりする車の明かりが、ちょうど手術前に見せてもらった母の心臓の動きに似ていた。

あんな複雑な動きを24時間年中無休でやってる心臓って、本当にすごい。どうなってんだ。心臓としゃべれるのならば、自分の心臓にしこたまお礼を言いたい。

途中で、家で待っているばあちゃんに電話した。

「ママ、どんな手術してるんやろか？」

「胸を切って、心臓の血管やらを取り替える手術やで」

「ええーっ！　切るって、縦に切るんやろか、横に切るんやろか」

「……縦ちゃうかな」

「ほんまかいな」

「わからん、そんなん聞いてないし」

これでまた2時間後に忘れられるから、おばあちゃんはお気楽でいいなあ。

家に戻り、やらなければいけないこと、特に母から頼まれた事務作業を、すべて終わらせようと思った。

生活費の入った通帳を持ち出すとか、保険会社から借りたドライブレコーダーを送り返すとか、弟の通ってる作業所に連絡とか、足《た》りてない生活用品はどれかとか、ヘルパーさんに来てもらうにはどうしたらいいか、とか。

母に聞かないと連絡先すらわからない件もけっこうあって、かなり苦労した。

父が亡くなったとき、これを母はひとりでこなしていたんだな。しかも、わたしや弟の前でくじける様子なんて一切見せなかった。

あのとき、この人はきっと、こうしてわたしたちのことを思って、がんばってくれてたんだ。

そういう想像がぶわっと頭のなかに広がったとき、言葉にできない感謝と愛しさが、体中を埋め尽くす。忘れたくない感覚だ。

「お母さんとお父さんが、実はサンタクロースだったんだ」とかと似てるね。

しかし、感謝したいときに、それを伝える相手がすぐそばにいないこと、けっこうあるね。そういうメッセージをいつも見逃さないように、気をつけて生きていきたいよ。

電話が鳴った。

「お母さん、がんばりましたよ。いま手術が終わって、集中治療室です」

先生だった。

気が抜けすぎて、なんて返事したかわかんなくて、逆にものすごく一本調子で「ありがとうございます、はい、ありがとうございます、そうですか」としか言ってなかった気がする。

「いまから8時間くらい……そうですね、明日の午前中になったら目が覚めると思います。脳梗塞《のうこうそく》がないかは、意識が戻ってからじゃないとわからないのですが」

そうか、まだ終わってないんだ。こわい。


電話を切った1時間後。また先生から電話があった。

ドキッとした。わりと最悪の状況も覚悟していた。手術1時間後に主治医から電話って、絶対、急変やないか、と。

ふたを開けてみれば、想像と違った急変だった。

「お母さん、もう目が覚めはったみたいで！　脳梗塞もいまのところなさそうです、つばも自分で飲み込めてるし、両手も動いてますよ」

先生は、あまりにも早すぎる母の目覚めに、思わず噴き出していた。

「でもね。あまりにも早かったから、なんか傷跡が痛いみたいで。痛い痛いって泣きそうに言ってはるんですけど、鎮静剤で寝かせてもいいですか？」

「寝かせてやってください！」

電話口で、わたしも泣きそうになった。

翌朝、先生のPHSから母の「ただいまあ」と言う弱々しい声が聞こえた。「おかえりい」と返した。

実は、温泉に向かう車の道中で、わたしは10分ほど眠りに落ちてたらしい。運転してくれた人が言うには、「寝言で何回も『おかえり』って言ってたで」と。

母におかえりって、なんとしてでも、言うつもりだったんだな。よくできてるな、わたしの頭は。

父が言わせてくれたのかもしれないな。

わたし、母が死んだら、自分も死んじゃう気がしてた。

でも、「もし母が死んでも、向こうに父がおるんや。きっとふたりは楽しく暮らせるんや」って気づいたら、死ぬほどつらいわけでもないなって。だって、母はどっちに転んでも、幸せは幸せだから。わからないけど。そう信じたいだけだけど。

どうなったって、父がいい方向に転ばせてくれるんだよな。

結局、心配していた後遺症も、なにひとつなかった。奇跡だった。

ここまでの母のことを、振り返ってみる。

発熱してるだけでコロナのリスクがあり、心臓の基礎疾患もあるので、何件もの病院から診察を断られたけど、1件だけすぐに診てくれる病院があった。そこでPCR検査をしてもらえた。これがなかったら、大学病院へスムーズにかかれなかった。

大学病院では尿検査、血液検査、カメラを飲み込んでの心エコーといった、ありとあらゆる検査を試して、いろんな科の何人もの先生が原因菌を探ってくれた。

一刻を争う状況で、集中治療室のベッドも、手術のスケジュールも空きがない。だけど、手術の当日、事情があって手術をキャンセルした軽症の患者さんがいらっしゃって、母はすぐに手術をしてもらえることになった。

今回の手術では、どの病院のどの先生に聞いても、「ああ。今回手術をする先生たちほど、信用できる人はいないわ」と太鼓判を押されるような先生たちが、執刀してくれた。10時間以上、立ちっぱなしで。先生は翌日、強烈に集中したので目と腰が痛くてしかたなかったと、笑っていた。

不運と幸運の奇跡にまみれている岸田家は、また、奇跡に助けられたのだ。

そして奇跡は、神様が起こすんじゃなくて、人が起こすんだと。

プリズン・ブレイクドッグ

2021/03/11 20:47

うちには、犬が2匹いる。どちらもトイプードルだ。

1匹は梅吉という。社会人になったわたしが手に入れたばかりの初任給にホクホクしていたとき、ペットショップで出会ってしまった。生まれたての小さな子犬ばかりのその店で、梅吉はもう立派な成犬になっていた。

売れ残っていた原因はすぐわかった。トイプードルにしては図体がでかく、ずっとしっぽを追っかけまわして足がもつれて転び続け、怒って吠《ほ》えるという、狂おしいほどアホな犬だった。アホの犬がニタァと笑い、ぎゃんぎゃん吠えて、こちらを見ていた。

このまま売れなかったら、この子はどうなってしまうんだろう。隣にいた母と顔を見合わせ、2時間後には、まんまとわたしは梅吉を抱えて車に乗っていた。

それだけならよくある話だが、なんと、2匹目も似たような経緯でやって来た。クーという。

クウクウ鳴くからとか、黒色だからとか、いろんな説はあるけれども、真意はわからない。名前をつけたのはわたしたちではないからだ。

クーは、母の知人が飼った犬だった。

飼ってから「大変すぎてとても飼えない」とのことで、母はうちにはもう梅吉がいるからと断ったが、知人はほかにあたれる人もおらず、このままでは捨てられてしまうということで、「じゃあ一度、預かるだけなら」と、お人好しを炸裂《さくれつ》させ、まんまと連れて帰ってきてしまった。

以降、クーを返そうとしても、なんやかんやあり、返せなくなってしまった。帰る先を失ったクーは、なんとなく、うちの子になった。

クーも、大変な犬だった。

いったいなにがあったのか、それともなかったのかは知らないが、とにかく人間が苦手で。普段はソファの下にもぐって暮らしており、日中はほとんど姿を見せない。

夜中になると、のっそりと這《は》い出て、エサを食べてまた姿を消す。冬眠中のクマか。

こうして、こちらに気づいていないクーを一瞬だけ見ることができる。クマか。

クーの姿を見るには、部屋を出て行ったふりをして、物陰に身をひそめて息を殺すしかない。

声をかけると、一目散に逃げていくし、なでようとすると噛《か》んでくる。ハッと気がついたら、そのへんに爆速で散らかされた、おしっことうんこだけがある。まだ、あたたかい。

犬を飼っているというより、犬に住み着かれてるといった方が近い。借りぐらしのクーちゃんだ。

犬2匹だけならまだ、それなりに生活はできていたのだが。

ここに「やばくなったばあちゃん」が加わると、加速度的にやばくなった。

ばあちゃんは、タイムスリップしている。うちの梅吉とクーのことを「チビ」とか「メグ」とか呼んだりする。メグはばあちゃんが昔むかし、長屋で飼っていたらしい犬だ。昭和の下町の雑種犬だ。

昭和の下町の雑種犬なので、ごはんは人間の食べ残しで、丸裸で外につながれていた。まあ、当時生まれてもないわたしが、その飼い方についてとやかく言うまい。そういう時代もあったのだろう。

何度「絶対にダメ！　やめて！」とわたしが怒っても、すぐに忘れるばあちゃんは、自分の食べ残しを2匹にあげてしまう。犬の体には、よくないのに。

吠えると、ばあちゃんはクイックルワイパーを振り上げ、バンバンと床に叩きつけて音を出し、威嚇《いかく》しながら追いまわす。犬はおびえて、散り散りになる。

わたしが見張っているうちは、羽交《はが》い締《じ》めにしてでもやめさせるが、仕事やお風呂でちょっと目を離すと、悪夢は繰り返されている。ばあちゃんは、「犬なんて家に置くからあかん」と、理不尽に機嫌が悪い。これはつらい。

しかたなく、梅吉をわたしの部屋でかくまい、クーは落ち着くソファの下で過ごさせることにした。

最初はおびえていた彼らも、ある日ついに、堪忍袋の緒が切れた。

クイックルワイパーを持つばあちゃんにおびえず突撃し、ばあちゃんの尻をガブリと噛んだ。

「あいたぁっ！」

ばあちゃんの声が部屋に響いた。病院騒ぎかと一瞬青ざめたが、梅吉もクーもよくできた犬だった。怪我《けが》をしない程度にガブリと噛んでいた。

ばあちゃんのクイッククルワイパーが、鉄槌《てっつい》のごとくまた振り下ろされる。老人の動きなど見切ったとばかりに、2匹はサッとよけて、またばあちゃんの尻にガブリした。生身の足でも腕でもなく、尻だけをめがけて。

その鮮やかさに感激して、わたしは「よしいけっ！　もっといけ！　そこだ！　尻を狙え！」と、手に汗をにぎって犬を応援していた。異常な光景である。

ばあちゃんは1時間で、3回も尻をガブリされた。

ほとんどすべての記憶が1時間もあればオールリセットされるばあちゃんだが、噛まれた痛みは本能の危機として覚えているのか、ばあちゃんがクイッククルワイパーで犬を追いまわすことはとりあえずなくなった。

しかし、2匹のばあちゃん嫌いは止まらない。

ばあちゃんが毎日横になって寝転んでいるソファに、重点的におしっこをするようになった。生き物のもてる能力をすべて投じた、ごっつい攻撃《アタック》だ。

わたしもいつか気に入らない人に出会ったら、そうしようと思う。

ところがばあちゃんはおしっこの色にもにおいにも気づかず、自分もソファにコーヒーやらお茶やらをこぼしまくり、こぼしたことすら忘れてるのか、めんどくさいのか、そのまま放置して寝るので、魔界のようなソファになった。

ソファにはばあちゃんの手によってさまざまな〝ごまかし布〟がかけられているが、この下はまぎれもなく魔界だ。

わたしが実家で暮らすようになって、さすがにこのソファの異臭に気づいたので、ばあちゃんを説得し、ソファごと捨てることにした。

まずは、布をとって、背もたれのクッションをとって……。

「オギャァーッ」

叫んでしまった。いろんな液体を放置していたので、ソファの座面にはカビがびっしり、腐海《ふかい》のごとく根をはって栄えており、見渡すかぎりまっしろだった。新しい生命がここで芽吹いてしまう。

さらに、カビだらけの、ソファの背もたれと座面の間から、いろんなものの破片がのぞいている。

どうやら、ばあちゃんが郵便物や雑誌をソファで読んだあと、捨てるのを横着して、ソファの背もたれのほっそい隙間《すきま》にねじ込んでいたことが発覚した。

こんまりもびっくりの、片づけメソッド。

ときめかないものは、亜空間にねじ込んで、なかったことにしましょう。

意味不明の食材と保冷剤がまるごと入ったグニョグニョする袋も、亜空間にねじ込めば、なかったことになる。

そんなわけあるか。

なんでここで寝れるねん。信じられん。

母に報告すると、「わたしが車いすに乗ってるから、ソファの背もたれまで近づけんくて、気づかんかったわ。ごめんね」と落ち込んでいたので、このソファは亜空間からマンションのゴミ捨て場へと転送し、岸田家の歴史から抹消することにした。

「クーちゃん、ごめんな。このソファ、気に入ってたのに」

わたしはソファの下をねぐらにしていたクーちゃんに謝りながら、弟とソファを持ち上げた。十数年ぶりに見る床面と壁面が、そこに現れた。

「……えっ」


クーちゃんが！

壁に！

穴を！

掘ってる！


ソファで隠れて見えなくなっていた壁面はガリガリと削られ、その中心には、こぶし大ほどの穴があいていた。薄皮1枚で、ベランダへ貫通しようとしている。

愛犬にプリズン・ブレイクされていたことに、言葉を失った。

わかるだろうか。好きでソファの下にもぐってる犬と仲良く暮らしているつもりだったのはわたしだけで、犬はマイケル・スコフィールドと同じく、意地でもこの家を

しばし見つめあう弟と犬。
まったく平常心なのがすごい。
肝おすわりは教えとらんよ。

脱出しようとしていたのだ。まさか家族から、マイケル・スコフィールドを輩出するとは思わなかった。

ばあちゃんはゲラゲラと笑って、「犬も家から逃げたい言うとるわ」と他人事のように言っていたので、今度はわたしが尻をガブリしてやろうかと思った。

この脱獄の形跡、修復にいくらかかかるんだろう。もう、あかんわ。

わたしと弟はうつむきながら、黙ってソファを背中にかついでゴミ捨て場に向かったため、キリストがゴルゴタの丘へ歩いていくような絵図になった。悲しみが深すぎる。

ソファがなくなったクーは、普段は布をかぶせたケージのなかで休んでいるが、ちょっとずつ外に慣れて、机の下やいすの下まで出てくるようになったので、元気な姿を見られるのは、ちょっとうれしい。

祖父のアルゴリズム葬儀

2021/03/12 20:30

父方のじいちゃんの葬儀があった。

母は入院中で、同居してる母方のばあちゃんは足が悪く、参加ができなかった。我が家代表として赴《おもむ》いたのは、わたしと弟のふたりだけ。直前まで喪服が見つからなかったけど、なんとかそれなりに黒い服に身を包み、どこに出しても恥ずかしい姉弟が、そこそこ恥ずかしくない身なりで出席することができた。

出席した親族は、合わせて10人。

岸田の家系はなんというか、ちょっと不思議で。基本的には全員が優しく、ひと家庭ずつ団結しているのだが、家庭の枠を超えると途端によそよそしくなる。いとこ同士は顔を合わせても、ほぼしゃべらない。

よく、ぜんぜん盛りあがらない宴席《えんせき》のことを「お通夜かよ！」と言ったりするけど、今回ばかりはリアルお通夜であった。わたしは黙って飯を食い、バヤリースの瓶をひとりで開けてグラスに注ぐ。

何度でも言うが、だれも意地悪な人間などいない。この独特な空気には様々な自然界のしがらみがあるがゆえに語ろうとすると1万字を超えて昼ドラの脚本に採用されてしまうので、割愛する。

こういうご時世にみんなでわざわざ集まって葬儀を出すって、どんな意味があるんだろう。

父の葬儀のときは、あまりにも突然すぎてずっと泣いていたから、そんなことを考えるヒマはなかった。

じいちゃんは寡黙《かもく》な人で、こういう集まりでは隅でビールを飲むだけで、きっとあまり好きではなかった。じいちゃんと血のつながった息子も、愛した妻も、先立ってしまった。ここにいるのは、じいちゃんと数年単位で会っていない親戚ばかり。

死んだじいちゃんがどう思ってんのかはわからないけど、葬儀は、残されて生きる人のためにあるのではないか。

「ありがとうね」「ごめんね」

そういう、言葉にできなかった気持ちを、お別れの前に伝える。故人のためではなく、きっと自分の未練や罪悪感をなくすために。親しい人の体がなくなって、軽い灰になってしまう喪失感と、無理やりにでも折り合いをつける。そうすれば、今後は仏壇に祈ることができる。葬儀で親戚や疎遠《そえん》だった人たちと集まっておけば、なにかあったときに力になってくれる。

葬儀はたぶん、悲しみや愛情をできるかぎり見える化することで、あっちとこっちでお別れという線を引き、残された人たちが生きていくための儀式なんだろう。故人のためと言いつつ、故人のためではない。

だから、お念仏とか、お焼香とか、手を合わせるとか、花を入れるとか、そういうひとつひとつの仰々しい行動が大切なのかもね。

わたしはじいちゃんが死んだことを、そこまで悲しんでない。長く入院しての大往生なので、どちらかというと「ようやくあっちで家族と暮らせるね。ずっと待ってたパパも喜ぶわ」という、穏やかな喜びの方が強い。

わたしが見える化すべきは、じいちゃんの明るい旅路への祈りだ。

それを、言い訳にするわけではないけども。ゴニョゴニョ。気がついたらじいちゃんの葬儀では、おもしろいところばかりが目についてしまった。

棺《ひつぎ》が開けられ、冥土《めいど》に持っていくじいちゃんの私物やお花が、ミッチミチに詰められていく。

じいちゃんの面倒を一番見ていた伯母が、「お義父さん、これ好きやったから」と、しんみりして、ぽたぽた焼《やき》を詰めまくっていた。これからぽたぽた焼かれるじいちゃんが、ぽたぽた焼《やき》で顔のまわりを埋められている。

「ぐ、ぐうっ」

喉まで声が出かかったが、大ひんしゅくになるのでこらえた。

大叔父《おおおじ》が「これも入れといたろ、懐かしいやろうから」と、じいちゃんの通信簿を6年分、グイグイとねじ込んだ。見てもいいかたずねると、許してもらったので、色あせた表紙をぺらりと開いた。

成績が、絶望的に悪かった。

国語と算数が1と2で先生からは、「お前はいったいなにを聞いてるんだ」をかぎりなく子ども向けに崩したコメントがそえられていたので、これはじいちゃん見たくもないんちゃうの⁉　とさらに笑ってしまいそうになり、神妙な表情を全力でつくった。

しんみりする者と、笑いをこらえる者がいるなかで、ひとりだけ異彩を放っている存在。

それは、わたしの弟だ。

弟は参列しながら、

「パパは？」

「おじちゃんは？」

と、何度も聞いてきた。

「どっちもずっと前に亡くなってるんだよ、お空にいるよ」

「おそら……ひこうき？」

「えっ」

「ひこうき、おきなわ？」

飛行機といえば、沖縄に行くと思っている彼は、目を輝かせた。なるほど。天国のことを便宜上、お空と表現することを、弟はわからないのだ。空には飛行機がいて、その上には宇宙がある。どこにも死者は漂っていない。

「なんて言ったらいいかな。ふたりとも病気で、もうここにはいないねん」

「じゃ、びょういんか」

今度は、ずっと病院に入院している人になってしまった。説明ってむずかしい。弟には、人の死がわからないみたいだ。じいちゃんのことも、病気で、ずっと眠ったまましゃべれなくなってしまった人だと思っている。

弟に、「死」という概念を、ちゃんと伝えられないことを、このときのわたしは後悔していた。

葬儀が終わったあと、信頼している同い年の僧侶に「どうやったら伝わるだろう」と相談したら、「仏教には人は生きている内から浄土にいるっていう考え方の宗派もあるから、実は生死の境界ってないんだよね」と彼は言った。

息をしている、していない。その違いはあるけれど、浄土という同じ場所にいる。記憶のなかで人とは何度でも会えるし、話もできる。

「良太（弟）くんは悟ってるのと同じだから、そのままでいいんじゃない？　きっと頭のなかでは、ずっとお父さんたちと同じ世界にいるんだよ」

ホッとした。

少し、弟がうらやましくなった。彼のなかで、父はずっと、変わらずに日々を過ごしている。

お坊さんによるお経が続いていた。

「それではご家族の方、お焼香をお願いします」

一番左に座っている喪主の大叔父が、立ち上がった。しまった、と思った。

大叔父の右に、弟が座っている。順番的に、わたしよりも弟が先に行くことになる。順番を変わろうと申し出たかったが、厳《おごそ》かな雰囲気でとても口に出せそうにない。

「お焼香は1回でお願いします」というアナウンスがあったが、弟はまず、お焼香というシステムさえよくわかっていないはずだ。

うっかりしていた。どうしよう。どうやって伝えよう。

弟は、すくっと立った。

ぎこちなくも、堂々とした動きで、喪主側に一礼、孫側に一礼し、焼香台の前に立った。むっくむくの太い手で抹香《まっこう》をつかんで、香炉《こうろ》にくべ、数珠《じゅず》を持って手を合わせる。

完ぺきだった。

一度も、教えたことがないのに。

弟は、ただ、じっくり見ていたのだ。自分より先にお焼香をした、大叔父のことを。

立派な大人でも、「自分がよく知らないマナーが必要な場所」に連れ出されると、ビビり散らかす。わたしは千利休的な茶会に急遽《きゅうきょ》呼ばれたとき、すくみあがって失敗し、自己嫌悪に陥ってしまった。

でも弟は、しっかりと見ただけで、おびえずに、見様見真似でやった。大叔父は背中しか見えなかったから、お焼香は1回のところ、弟は2回やってしまったけど、堂々とやっていたからなにも不自然ではない。押し通した。

すげえ。

そのあとも弟は、じいちゃんの棺をかついで霊柩車に納める役割にも抜てきされ、精進落《しょうじんお》としの料理も小皿に醤油《しょうゆ》をとったり、汁物から先に口をつけたり、前にいる伯母を真似ていた。たまに、チラッ、チラッとあたりをうかがっている。

お骨上《こつあ》げも、最初はパニックになるかもしれないから、やってもらうつもりはなかったが、お箸《はし》を持って、落ち着いてこなしてくれた。じいちゃんの首の骨は、弟が拾った。

とにかく、前の人にならう。

アルゴリズム的葬儀で、弟は、弟なりに一生懸命、じいちゃんを送った。

喪主がいるかぎり、弟は大丈夫だ。でも、母とわたしが死んだら、弟が喪主になる。そうなったらアルゴリズム的葬儀ができないから、正しいアルゴリズムをつくるためにも、絶対に彼より先に死んでなるものかと思った。

もうひとつびっくりしたのは、「じいちゃんが亡くなったから、葬儀がある」と伝えた瞬間、ばあちゃんにターボエンジンがかかったことだ。

1時間ごとに記憶がリセットされ、妄想がごっちゃになっているばあちゃんが、じいちゃんの葬儀の2日間だけは、見違えるほどしっかりしていた。

「家のことはなんも心配せんでいい、いま掃除してるから」

「喪服やけど、脱いだらファブリーズかけて吊《つ》るしとくんやで」

「香典を渡すときはふくさに包んでな」

などなど、頻繁に電話で忠言してきて、家で2匹の犬としっかり待機していた。びっくりした。

20年前、まだ元気だったばあちゃんの家には、法事のたびに大勢の親戚が集まっていた。20人くらいは和室に詰め込んでいたと思う。総指揮をとっていたのは、ばあちゃんだ。朝早くから台所でおいなりさんをこしらえ、全員分の小遣いを準備し、お寺への対応もぬかりなかった。

大家族の長女であるばあちゃんの眠れる責任感を「法事」という言葉が呼び覚ましたのだ。

「これはうちがやらんといかん」「ちゃんとせんかったら、みっともない」

そういう執念は、「ああ大変、ああ大変」と、己《おのれ》を急かしながら立ち上がらせる。

祝い事でも弔《とむら》い事でも親戚が集まる機会って、短期間に集中して人に頼られることでボケさせない効果もあるんだな。すごいぞ。

葬儀が終わると、いつもどおりの、わけわからんばあちゃんに戻っていた。これから月に1回、模擬法事でも開催しようかな。

思い、思われ、ふり、ふりかけ

2021/03/13 19:30

入院中の母から、電話があった。

「あのな、さっき車いすに乗ってリハビリ室行こうとしたらな」

「うん」

「ほかの患者さんもみんな、大部屋の病室から出てきて、エレベーターホールをうろうろしながら電話とかしてるねん」

「ほう」

「わたしは個室にしてもらえたから、いつでもだれかと電話できるやろ」

「せやな」

母はいま、ネットも電話も自由にできる個室にいる。

「それで、冷蔵庫もあるから、冷たいジュースをいつでも飲めるやろ」

「せやな」

「こんなに幸せなことって、ないわ」

「……せやろか」

電話の向こうでズズッとすすり泣くのが聞こえた。

幸せの感覚が、おバグり倒しておる。

この人は、大動脈解離で歩けなくなったあと、10万人に数人しかかからない病気にもなり、死ぬかもしれない大手術を2度も経験して、2か月もの間、感染対策でだれもお見舞いに来れない場所に入院している。

「ちょっとちょっと、あなた。かからなくていい病気にかかったんやで」

「あれえ。そういえばそうやな。でも幸せやなって思うねん」

母はキョトンとした。

人生の幸せっていうのは、人と比べるものではなく、自分の経験のなかで比べるものなのかもな。

大動脈解離で目が覚めたら下半身麻痺《まひ》になって、4人部屋で身動きとれずに入院した2年間というドン底の経験が母にはあるので、それに比べたら、まだハッピーなんだろう。

ばあちゃんは、母のことをまだ子どもだと思い込んでいるので、やいやいあれこれ、母にうるさく言うていた。でも病院なら、静かに韓国ドラマばっかり観れるし。はじめてのひとり暮らしみたいなもんだ。

トラブルとか挫折とか、不幸だなあと思う瞬間って悪くないかもしんない。あとから幸せを感じるための貯金と考えれば。

突然ですがここで、入院中の母が心からハッピーを感じられた合法的なブツをいくつかご紹介しようと思う。いつか入院するかもしんねえ人の、参考になれば。

ナンバー1は「ふりかけ」。

入院が決まってまず最初に母から所望されたのは、せっけんでも、タオルでも、ストロー付きコップでもなく。

「ふりかけをおくれ」

だった。

病院食で一番の難所は、茶碗《ちゃわん》に盛られた白飯《しろめし》だそうだ。

普段なら、生姜焼《しょうがや》き、豚汁、たくあんなどのおかずがあれば、なんぼあっても困らん白飯。しかし病院のおかずはおしなべて味が薄い。ごはんがススマンくんになってしまう。

食事制限がなく、手術で失った体力をエンヤコラしなければならん母は、残すと看護師さんから、「あ〜、き〜し〜だ〜さ〜ん、の〜こ〜し〜て〜る〜！」と、ビブラートのかかった声で叱られる。

母のいる心臓血管外科病棟の患者の多くは、耳の遠いじいさんかばあさんで、看護師さんの振る舞いも老いナイズドされている。

極寒のエベレストのごとくそびえ立つ、白い米の山の攻略に、母は頭を抱えている。

米の山を登頂する手段は、ひとつ。

味をつけること。

母は、「入院生活で役立つものはいろいろとあるけど、ふりかけは盲点。全人類はマイふりかけを持つべき」という狂信者になってしまった。

でもこれ、入院したことがある人なら、わかってもらえるはず。

一応、病院内のコンビニでも「丸美屋ののりたま」「永谷園のおとなのふりかけ」

が飛ぶように売れているけど、母いわく、すぐに飽きるらしい。たしかに。給食の味がする。

そこで、ちょっと豪華なふりかけを持って行ったところ、しこたま喜ばれた。アトレやイオンでよく見かける、久世福《くぜふく》商店で買ったふりかけが特に満足度が高かった。具がしっとりしていて食べごたえがあり、いかなどわりと豪華なメンツがそろっている。

この入院生活で、5種類ほど用意したら、今日はどのふりかけで食べようかという楽しみが生まれたそうだ。生活のハリというやつが。

食事制限がある人もいるので、お見舞いに持っていく場合は確認してね。

ふりかけをカバンいっぱいに詰めて、病棟をまわりながら売ったら、そこそこいい商売になるんじゃないかな。いつかやりたいな。

ナンバー2は「変化球のお茶」。

手術を終えての1週間。母は血糖値のコントロールが必要なため、水かお茶とお粥《かゆ》しか食べられなかった。母はジュースや、コーヒーが好きなので、これが地味につらい。

感染対策で、病院ではお茶の支給がない。

「看護師さんが病院でお茶を買ってきてくれるんやけど、お〜いお茶か、ミネラル麦茶くらいしかなくて、飽きるんやわ」

ペットボトルのお茶って、あんまり意識して飲んだことなかったな。お茶しか飲んじゃダメと言われれば、執念でお茶のバリエーションを楽しむしかない。

先生に確認したら、「糖分が入っていなければ味はなんでも大丈夫ですよ」とのことで、わたしはペットボトルのお茶を探す旅に出た。

そして、無印良品のペットボトルのお茶が、一番バリエーション豊かで美味《お》しかった。

ジャスミンティーやウーロン茶など、ベーシックなものは、茶葉の風味がよく利いていて美味しい。黒豆茶やコーン茶は、なんか、おかずっぽい香ばしい味がして飲みごたえがある。白桃グリーンティー、マスカット&ルイボスティー、はと麦&レモングラスといった、母が喉から手が出るほど欲しかった「ジュースっぽい味のお茶」のラインナップも充実している。味がついているというより、ぶわっと鼻から抜ける香りだ。

ためしに全種類1本ずつ買って行ったら、母が。

「やばい。美味しすぎる。無印のお茶ってこんなに美味しいんや。お茶が美味しいだけで、朝起きたときの絶望感がぜんぜん違う」

お茶は病人を救う。

できるだけ節約して、なめるようにピチャピチャ飲んでいるという母が不憫《ふびん》に思えたので。スーツケースに目一杯詰めて、合法的に密輸した。

ナンバー3は「豪華なシャンプー」。

「頭から、濡《ぬ》れた犬の匂いがする」

母からシュンとしたＬＩＮＥ《ライン》がきた。なんとなく、叱られて落ち込んだ柴犬《しばいぬ》の映像が脳裏に浮かんだ。

病院では3日に1回、髪の毛を洗ってもらえる。

2か月の入院だし、大きなシャンプーのボトルをガチャガチャ持っていくのは邪魔だと思い、1回分ずつパウチになったものを持っていたのだが。

3日間ずっと寝たきりで、枕に押しつけられて汗や皮脂がたまる髪の汚れは、1回や2回のシャンプーではとても落ちない。ようやく3回目から泡立つそうだ。

そんなわけで、母はいつの間にか、濡れた犬の匂いになっていた。つらい。

ざぶざぶ使えるシャンプー&リンスが1200円くらいのセットになったボトルを買うのが、一番リーズナブルで賢いんだろうけど。

一度、自分がくさいと落ち込んでる人を励ますには、それをチャラにするほどのいい香りで衝撃を与えた方がいいかもしれない。

そこで。

いつもならちょっと香りが強めだな、高いしな、と敬遠してしまうシャンプーを、ここぞとばかりに買い求めた。

2か月の病院生活、楽しみは入浴とお茶とふりかけくらい。なら、ケチケチせずに、ボトルを使い切る勢いでガンガン使ってほしい。これはわたしなりのお見舞いの気持ちだった。

シャンプー担当になった看護師さんが、「めちゃくちゃいい匂いがする、いいなあ」と言っていたそうだ。怒られるかと思ったが、いい匂いがするから洗髪も楽しいというニュアンスだそうで、ホッとした。

濡れた犬から、アロマティックウーマンに変身した母もうれしそうだ。

入院生活をウキウキさせるには「絶対に必要な消耗品を、いつもよりちょっと贅沢《ぜいたく》にして、選べるようにする」を覚えておきたい。

他人のためにやることはぜんぶ押しつけ

2021/03/14 20:18

今日は特にもうあかんし、書いてる方も読んでる方もモヤモヤするしんどい内容なので、元気で余裕があってつまらんボケにもツッコミできるくらい元気なときに読んでください。

弟の健康診断の結果が返ってきた。

Cと書いてある。再検査だ。原因は肥満。

「ちょっとあんた、太りすぎやって！」

あわてて弟に伝えるが、彼はキョトンとしている。

「太りすぎっていうのは、ええと、いろんな病気になるねん」

「うーん」

それでもわからない。病気って、ピンからキリまであるもんね。

「ええと、あのな」

「うん」

「し、死ぬど！」

この状況で縁起でもなかったが、ここは火の玉ストレートを放つしかない。弟は絵に描いたようにガビーンとした。

そして弟は、「いまからプールに行って泳ぐ！」とパニックになって準備を始める。待て待て待て、と今度はなだめるのが大変だった。

人によって、想像できる未来の日数は、それぞれ違う。

弟の場合、だいたい1週間先の未来が限界だ。それより先は、宇宙の果てのごとく謎に包まれている。

だから弟には、健康維持という発想がない。健康は、数年、数十年先の未来を想像できる人だけが考えるものだ。弟ならせいぜい、来週の遠足に行けるよう、風邪をひかないように気をつけるくらい。

ばあちゃんが想像できる未来はもっと短い。きっかり1日。起きて、寝るまで。

朝何時に起きて、昼何時に食べて、夜何時に寝る。その絶対的なルールを守ることだけが重要で、明日のことなんて考えられない。

だから冷蔵庫でわたしがつくり置きしているごはんはすべてその日のうちに食べるか、捨ててしまう。わたしが〆切《しめきり》に追われて夜ふかしで仕事をしていると、なにがなんでも寝かせようと、電気を消してくる。夜19時以降にお風呂に入っても、怒ってガスの元栓を閉める。シャワーから突然、冷水が降り注ぐ。

弟が太りすぎたのは、このばあちゃんとのコンボが原因だ。

5年ほど前から、母の仕事が急激に忙しく、人手も足りなくて全国を飛びまわりはじめ、ばあちゃんが留守中の家事を担うようになった。そこからだ。

「19時には寝なさい！」と、孫を布団まで追いかけまわし、ガミガミ言う。まだやることがあるからと説得すると、一度は自分の寝室に引っ込むが、5分後にはぽかんと忘れて、「なんで寝えへんねん！」と怒鳴り込んでくる。電気もガスも消されるので、わたしと弟は、しぶしぶ布団に入る。わたしはタヌキ寝入りできるが、弟はけっこう寝落ちしてしまう。

毎日19時に寝ると、健全な成人男性はどうなるか。

深夜1時ごろに目が覚め、のっそりと起き出すのだ。

人は、寝ているときにわりとカロリーを消費するらしい。クマと同じだ。腹が減った弟は、冷蔵庫を開けて、母が料理をつくれないときのために置いてある冷凍チャーハンや冷凍そばめしに手を出す。

そりゃあ、太るわ。

一度、母が目撃して、弟を叱り飛ばした。すると次の晩からは忍び足でキッチンに向かい、チン！と鳴る寸前で電子レンジからチャーハンを取り出すという、間者《かんじゃ》の技を身につけていた。

それが積もり積もって、健康診断のC判定。

かつて、父は言った。

「好きなもん我慢して長生きするんやったら、好きなもん食べまくって死んだ方がマシや」と。そしてチキン南蛮やU.F.O.を浴びるほど食べていた。

それで健康だったなら、いい民話のひとつにでもなりそうだが、父は39歳で心筋梗塞を起こして死んだ。とんでもねえ。例が極端すぎる。子が受け継いではいけない民話だ。どっちかっていうと教訓だ。

22時とか23時に寝れば、途中で起きることはない。だけど、ばあちゃんは19時に寝ないと許してくれない。

それだけじゃない。

すでに風呂に入ってる弟に「風呂に入れ」とばあちゃんは何度も怒り、弟が入らずにいると、「あんたはなにもわからへん」「耳聞こえてないんか」とばあちゃんがヒートアップし、最終的には言ってはいけないことまで言う。

あまりにも言ってはいけないので、ここでは書けないが、なんというか、一部の年配世代がうっかり使ってしまう差別用語みたいなのも連発する。

わたしが「なんてことを言うねん」と止めに入っても、すでに遅し。弟は悔し涙をいっぱい流し、地面をドスドス踏み鳴らして、自室に閉じこもる。弟の怒りは正しいと思う。

わたしだって、今日はしんどかった。

仕事で、人に送る荷物を段ボールに詰め、集荷を待っていた。大きく張り紙で「さわらないで」と書き、リビングのホワイトボードにも残し、ばあちゃんに何度も「これは送るやつだから置いておいて」と口すっぱく言った。

1時間後、クロネコヤマトの人が来たら、その荷物はすべて取り出され、生ゴミと一緒に捨てられたり、戸棚の奥に詰め込まれたりして、段ボールは解体されてベランダに投げられていた。ばあちゃんの仕業だ。

「張り紙に書いて、部屋に置いてたのに。なんで勝手に入って、触るん」

「うるさいな。ここはわたしの家やで」

うるさくないし、ここは母の家である。

でもそんなの、話してわかるもんじゃない。ばあちゃんに悪気はこれっぽちもない。孫のためにわたしが世話してあげにゃという善意で動いている。わたしたちに向けられた愛だ。もの忘れがひどいので、やったことも忘れている。言っても、わからない。

そして、そういうばあちゃんの事情を、弟はわからない。

もう、離れるしかない。

人を愛するとは、自分と相手を愛せる距離を探ることだ。

わたしはばあちゃんを愛している。だけど、このまま一緒に暮らしていたら、愛せない。だってばあちゃんは、わたしと弟を悲しませ、ばあちゃん自身も悲しませるのだから。怒りは悲しみと似てる。

忘れてしまうばあちゃんを、説得して変えることはできない。

実際、弟はグループホームの体験に2泊3日で行ってみたら、食事も睡眠も、リズムが整ったのだ。栄養士さんがつくるごはんを食べて、ぐっすり寝て、みんなで散歩に行っている。

「家に帰りたくない」と電話がかかってきたくらい。こりゃいい。

問題は、ばあちゃん。

福祉の相談にのってくれている、公的な立場の方々が何人かいるのだけど、そのうちのひとりに「しんどいんです」と相談した。

「週に2度、デイサービスに行くようになって、少しは楽になりました?」

その人は、うれしそうに聞いてきた。デイサービスは、朝9時から夕方17時まで、おばあちゃんを預かって外出させてくれるやつだ。同じ年代のほかの利用者さんと交流したり、食事や入浴をしたり、リハビリもできる。

そりゃあ楽にはなったが、ばあちゃんのカオスは、夜からが本番なのだ。前と比べれば少しは楽になったが、根本的なことはなにも解決してない。

「いやあ、けっこう、しんどいんですよね」

「週に2度以上行きたいなら、自費で行けますよ。そうします?」

「デイサービスだけじゃなくて、サービス付き高齢者向け住宅も考えてるんです」

ばあちゃんがいま調査を受けている介護認定のレベルでは、国が運営する特別養護老人ホームなどには行けないかもしれない。ばあちゃんは身のまわりのことはめちゃくちゃだけど、一応ひとりでできてるし、足腰も悪いが歩けないほどではないからだ。

「それっておばあさんを施設に入れるってことですか?」

「はい」

「うーん、もう一度考え直しませんか」

その人は、ちょっと渋い顔をした。

「いまはコロナ対策で、施設に入ると面会ができなくなります。おばあさんも寂《さび》しい思いをしますよ」

「は、はあ」

「お姉さんは、ご自宅でできる仕事なんですよね。弟さんも、おばあさんと一緒にいた方が安心するかと」

「仕事が…できないくらい大変で…」

「気持ちはわかるけど、老い先が短い家族さんのことです。もうちょっと冷静に考えてください。お母さまが退院されてから、もっとよく話し合いましょう」

気持ちがわかるっていうのは、勝手に相手の気持ちを想像した、ってだけじゃないの。

わたしだって、その人がなにを思ってそう言ったかわからない。純粋な善意かもしんないし、いまは介護が必要な高齢者がたくさんいて、施設に空きがなくて、できるだけ自宅で介護してほしいのかもしんない。

相手の気持ちなんて、どんだけ注意深く見ても、1割くらいしか理解できないと思う。あとの9割は、本人しかわからない。同じ状況でもなにを思うかなんて人によって違うし、感情には理不尽と矛盾が平気で混ざり合う。

わかってほしい、と、わかるわけないやろ、の理不尽な矛盾をもっている人も、けっこういる。

気持ちをぜんぶわかることは無理なんだから、基本的には、他人に向けたすべての行動は押しつけでしかない。どんなに善意でも、親切でも。アドバイスも、時として痛い傷になる。すでに試したことを言われると、そんなこともできてないのかと叱られてるように聞こえるし、ひとつひとつに答える気力も奪われる。相手が求めないかぎり、うかつなアドバイスはしない方がいいんだと思う。

わたしも、うっかりすると、そうなる。押しつけている。その愚《おろ》かさを自覚したうえで、見返りを求めず、生きるしかないのだ。

押しつけを「あんたのためを思って！」とか、善意で押し通すと、呪いに進化するね。

ばあちゃんを施設に入れる。入れない。どっちに決めたかじゃなく、どうやって決めたかだと思うんだ、大切なのは。

わたしはいま、ばあちゃんと弟のことを思っている。それだけは変わらない。彼らから不満の声があがれば、そのたびに考える。考え続けるし、自分を責め続けるし、許し続ける。「ばあちゃんがかわいそう」というのが、真実なのか、呪いなのか、わかんないけど、とりあえず、離れてみようと思う。だれに、なにを言われても。

弟の健康診断の結果を知る、ご近所の人から、こんなことも言われた。

「甘いわ！　お姉ちゃんがしっかりしないと」

「しっかりできてないですかね」

「ダウン症の人は、寿命が短いやろ？」

はあ？

「ちゃんと管理してあげな、弟くんがかわいそうやわ。こんなん言うたら悪いけど、おばあちゃんは、弟くんのことをペットとして愛玩《あいがん》してるだけよ。わたしも福祉の仕事して長いから、よくわかるねん」

「ええええ……？」

「お姉ちゃんがしっかり、おばあちゃんのことも、弟のことも見ないと。みんなを不幸にしたらあかんよ。わたしは、よーくわかってるから。あなたのために言うてるんやから」

突き刺さった。

突き刺さったということは、それは、正論の形をしていたということだ。

なにを返事したかも覚えてない。

これはわたしの精神が脆《もろ》いんだけど、面と向かって、人に毅然《きぜん》とした態度をとって言い返すことができない。なんでかわからん。こわいんだと思う。そういう自分の弱さがずっと嫌いだ。

文章なら、そこそこ、落ち着いてなんでも書けるのに、ねえ。

「ダウン症の人は寿命が短い」

「わたしがしっかりしないと家族が不幸になる」

突き刺さって、いまも抜けずにいる。

仕事が手につかなくて、コルクのマネージャーさんに泣きながら、「ごめんなさい、原稿が書けません、納期が遅れてしまうとクライアントさんに連絡をお願いします」と言った。心臓がバクバクした。いま、この家では、わたしが仕事しないとお金が入らないのに。書けない。

しっかりしてるつもりだった。でも、正解なんて、わからないし。

わんわん泣いていたら、台所からガチャガチャと音が聞こえた。

わたしがやるはずの洗い物を、弟がやっていた。

洗い物してるところなんて一度も見たことがなかった。グループホームで係があって、そこで練習したらしい。

きれいになったコップで、あたたかいお茶を入れてくれた。あたたかいっていうか、ぬるかったけど。

姉ちゃんはきみを死なせたくないよ。でも姉ちゃんがしっかりしなくても、未来なんてなにもわかんなくても、きみは幸せな方に行こうとする力をもってる。そう思う。

正解を知らないけど、幸せな方に行こうとする力だけを、いまは信じる。こんだけしんどいのも、泣いてるのも、ぜんぶ幸せな方に行こうとしてるはずで。

ツッコミを。ツッコミを忘れてはいけない。どんだけしんどい日でも。

何色かわからん龍《りゅう》の背に乗って

2021/03/15 22:28

昨日はちょっとしんどかったけど、今日はちょっと楽しいことが待っていた。17日にテレビの出演があるので、1か月ぶりに自宅のある東京へ戻る。大学生になったとき、はじめて夜行バスで上京したときのワクワクがよみがえる。イトウゴフクで買った名前しか知らない「すみっコぐらし」の上下スウェットを着て、イオンで買い物をし、ばあちゃんと弟と犬の奇行に追われ、寄せ鍋ばかりつくることに慣れた日々が、がらりと変わる。ああ、なんとうれしい。

新神戸から東京行きの新幹線に、そわそわしながら乗り込む。

席に座ろうと、通路を歩いてると、前から人が歩いてくるじゃん。あれ、どっちが脇の席の方にサッと引っ込んで、相手に道を譲るか、ドキドキするよね。チキンレースだよね。どっちも譲らず、満席の列で引っ込めずはち合わせちゃうと、気まずいよね。

そんなことすらも、愉快で、人に聞いてほしくて書き留めてしまう。東京に向かうわたしの好奇心と、聞いてほしい欲は、3歳児並みだ。せっかくの上京なので、前後1日ずつ滞在を延ばし、東京でしかできない用事を詰め込んだ。

3泊4日も家を空けるので、ぬかりなく体制を整えてきた。

弟は、仲の良い友人と支援員さんたちと一緒に暮らす、グループホームへ。ばあちゃんは、昼間はデイサービスに送迎つきで通い、夜はご近所の人が様子を見に来てくれる。

とりあえず体制は整ったものの、まあ、いろいろと大変だった。

わたしが東京に出発する前日、作業所の仕事に行った弟から、電話があった。

「あのな、ねえちゃん」

「うん？」

「バスないねん」

弟はいつも路線バスに乗って、作業所から家に帰ってくる。

「バスないん？　どうしたん？」

「ばくはつ、してん」

バス、ガス、爆発⁉

どういうことかと思ってよくよく話を聞くと、翌日からのグループホーム宿泊が楽しみで待ち切れず、「バスに乗れない」と押し切って、今日からグループホームに泊まろうと目論んでいるのだった。

バスは爆発してないけど、自立は喜ばしいことなので、そっと延泊の予約を入れた。

次に、ばあちゃん。

デイサービスを連続で使用する前に、担当者さんとの面談がある。わりと何回もある。高齢者がサービスを利用するときは、そのくらい慎重にならなければならないらしい。飲んでる薬とか、もの忘れの度合いとか、いろいろあるもんね。

いろいろと、生活の状況など、ばあちゃんが質問を受けるのだが。

「太田さん（ばあちゃん）は、どれくらい外出してるんですか？」

ばあちゃんは、答える。

「買い物は毎日行ってますねえ。孫のごはんを買いに行くので」

「まあ！　しっかりしてはるんですね」

こんな微笑ましい会話が繰り広げられているが、ばあちゃんがひとりで外出したのは、もう1年以上前が最後だ。外出なんてしてへんぞ。

わたしはあわてて担当者さんに目配せし、首を横に振る。担当者さんも熟練なので、すぐに察知して、OKサインを出してくれた。

質問は続く。

「でも、太田さん、足腰痛そうにしてるのに、外出してるんですか？」

「はい、してますよ」

どうやって？

「歩いては無理ですよね？」

「……乗ってます」

なにに？

銀の龍《りゅう》の背に？

苦しまぎれに答えたものの、自分でもなんか辻褄《つじつま》合わへんと気づいているのか、ばあちゃんはゴニョゴニョと口ごもる。忘れてるとはいえ、こうやってウソを言われたら、かなわんな。

でも、そんなわたしも、今日はばあちゃんにウソをついてしまった。

東京に着いて、あれこれ打ち合わせをして、夕方になると、ばあちゃんから電話がかかってきた。

「いまどこや?」

「東京」

「ええーっ。良太も一緒か?」

一緒ではない。弟はグループホームだ。

でも、それを馬鹿正直に言って、先週は痛い目を見た。わたしは家にいなくて、弟はグループホームで、ばらばらで過ごしているということが、ばあちゃんの脳では処理できず、「子どもたちが危険な状況にいて、よくわからん!」とパニックになるのだ。パニックになって、あちこちに電話をかけたりする。どうせばあちゃんは、グループホームに連絡する手段がない。ここで正直に言ってパニクらせるより、安心させるウソの方がいい。いま説明したって、1時間後には忘れてしまうのだから。

「一緒やで。元気やわ」

ウソをついた。

「そうかそうか、そしたら安心やわ。ほなおやすみ」

ばあちゃんはホッとして、電話を切った。安心して機嫌がよさそうとのことだった。ばあちゃんは、20時には床につく。

ウソをついてしまったという罪悪感は、なかった。それはたぶん、ばあちゃんのことを思って、ついたウソだから。ばあちゃんが「なにかに乗って毎日、孫のために買い物に行ってる」というウソも、正しい記憶よりも孫への愛が勝って、生まれたのかな。

目黒から恵比寿まで、電車に乗らず、わざわざ歩いてみた。

地元と違って、いくつもの歩いたことがないルートがある。知らない道を選べることが、こんなに心躍るなんて、久しぶりに知った。

知らない道を歩いていると、無数の景色が目に入り、心を打つ。心がゆっくりと、創作に向く。どこにいても文章は書けるけど、書く内容は、ガラリと変わる。

東京へ来て、よかった。

飼っている犬の梅吉とクーは、ばあちゃんひとりで2匹とも面倒を見ることがむずかしいので、クーはしばらくの間、友人の家で預かってもらうことになった。めちゃくちゃ広大な土地を持ち、何匹もの犬を大切に育ててきた、信頼できる友人だ。クーには環境が変わって申し訳ないなと思ったけど、初日からめちゃくちゃかわいがってもらったクーは、家でも見たことがないようなはしゃぎ方と甘え方を炸裂《さくれつ》させていた。

友人の車に乗って出かけるクーは、ものすごく楽しそうだった。友人のすべての家族に、なでてなでて、遊んで遊んで、としっぽを振って駆け寄っていく。夜は友人の布団にもぐり込んで、すうすう寝ているそうだ。

「トイレもお散歩も、すっごくお利口さんで。もうすでにうちのアイドルだよ」

クーがそんなに人懐っこいなんて、知らなかった。梅吉があまりにもわがままで強いから、ずっと我慢してたんだね。2匹を離すことができなかったわたしは、反省した。

一方、うちにいる梅吉は。
わたしが留守の間、机の上に飛び乗っておしっこをし、段ボールを粉々に嚙《か》みちぎり、自動えさやり機をバキバキに破壊していた。その悲惨な現場が、ペットカメラを通じて、スマホへ鮮明に映し出されていた。ごめんて。すぐ帰るから、待ってて。

卵池《たまち》肉林《にくりん》

2021/03/16 20:53

「これで美味《おい》しいものでも食べてください」と、note《ノート》のサポートやマガジンの購読をしてくれている数人からメッセージをいただいたので、わたしの頭は「疲れて免疫力落ちてるから薬膳鍋！」とつぶやき、わたしの心は「肉、肉、肉！　焼き肉！」と叫んでいた。

焼き肉を食べることにした。

2年前くらいから、「この年齢になったら、食べ放題より、ええ肉をちょっとずついただいた方がええわ」と大人ぶっていた。いまはストレスで前頭葉がおバグり申しあげているので、隠れ家焼き肉や高級熟成肉などには目もくれず、ワンカルビに駆け込んだ。

ワンカルビはいい。3980円でハラミやカルビやロースといった安定のレギュラーメンバーから、サガリステーキ黒トリュフソースなどの助っ人外国人選手まで食べ放題だ。

注文はタッチパネル。店員さんも楽だし、われわれも楽だ。店員さんに「これと、これと、あとこれと」と伝えていくと、途中で口から吐いた言の葉がパルスにのって耳に届き、特殊な電気信号で脳髄を刺激して、「いやこんなに食ってどないすんねん自分」と羞恥《しゅうち》の理性を引き戻してしまうけど、タッチパネルは理性のブレーキが外れる。初手ビビンバとか余裕で、できる。

同じく肉の食べ放題なら、しゃぶ葉《よう》もいい。自分で生地を流し込んで焼くワッフルが特にいい。酒を片手にどんなに汚く騒いでるヤンキーも、ワッフルメーカーの前ではかしこくジッと待っている。ヤンキーがタイマーにセットされた2分を過ぎて、さらに30秒、だまって蒸らしているのを見ると、たまらなくなる。

話をワンカルビに戻そう。

わたしはすきやきに目がないので、焼きすきやきというよくわからないメニューを重点的に頼んだ。

「こちら、カルビの焼きすきです。あぶるように焼いたあと、卵につけてお召しあがりください」

店員さんが、焼きすきやきを持ってきた。薄くて脂のよくのったお肉と、ころんとしたかわいい卵。卵を割って、黄金の液体を溶いているだけで楽しくなる。ランララと歌って踊りたい。コールド・ストーン・クリーマリーのアイス売りのバイトみたいに。

よく焼けたお肉を、卵につけて、じゅるっと口のなかで吸うように食べると、昇天しそうになった。秒で肉は消えた。

生まれたときから遺伝子にプログラミングされていたかのように、即座にタッチパネルを手に取り、追加で焼きすきやきを注文した。

「こちら、カルビの焼きすきです。あぶるように焼いたあと、卵につけてお召しあがりください」

研修中の名札をつけたスタッフが2度目にもかかわらず、同じ説明を繰り返したので、マニュアル社会のいびつさが伝わってきて驚いたけど。

それより、驚いたのは。

なんと、卵がもうひとつ、ついてきた。まだわたしの器には、さっき溶いた卵が残っているのに、だ。

「これ、卵もらえるんですか?」

マニュアルにないことを聞かれたのか、彼女は、露骨にとまどった顔をした。

「すきやきなので」

世界の真理のような答えだ。そんなことが聞きたいんじゃない。

「注文するたびに? 卵を?」

彼女はうなずいた。

衝撃が走った。

岸田家では父の教えにより、幼いころから、すきやきの卵はひとりにつき1個だった。その1個の卵液を、大切に大切にからめるのだ。〆《しめ》のうどんで、きっちり最後の一滴がなくなるように。べつに、1個までと家訓で制定されていたわけではないので、「どうしても卵が欲しい」と言えばもらえたと思うけど、子どもながらに、それを言うのは指してはならない一手のように考えていた。だってだれも、卵のおかわりなんてしなかったから。

金曜ロードショーでディズニーの「美女と野獣」が映っていて、悪役のガストンが

「ガキのころには毎日 食べた卵 4ダース♪」と歌っているのを見たとき、そんな家があるもんかと鼻で笑った。

ワンカルビはガストンだった。

焼きすきやきを4ダース頼めば、それすなわち、卵が4ダースついてくる。そんな錬金術があってたまるか。最高。1人前の肉で、1個の卵は使い切れず、卵がどんどん追加されていくので、最終的には無限に湧き出る卵になってしまった。

辞書をつくる映画で、編集者が街に出て通行人の声に耳を傾け、新しい言葉を辞書に登録するという作業があった。その可能性を信じて、わたしは今日から「卵池肉《たまちにく》林《りん》」という言葉を積極的に街で使っていきたい。

規則正しい揺れなら計算できる

2021/03/17　20:46

今日は、先月に引き続き、日本テレビ「スッキリ」にコメンテーター出演をした。朝8時からの出演だけど、わたしが家を出るのは5時半。愛と信頼のエムケイタクシーが、黒くてでっかいアルファードで迎えに来てくれる。

いつもきっかり5時25分に「到着しました」とドライバーさんから電話が入るのだけど、時間が時間なので、寝坊の防止も兼ねてんのかな。ヘアメイクはあっちでやってくれるし、朝ごはんもお弁当が出るので、着の身着のままなら5分でたぶんいける。絶妙な最終防衛ラインだ、25分というのは。

ヘアメイク室に行くとき、今日は障害のある人の異彩を世に放つ「ヘラルボニー」のアートスカーフを持ってきているのを思い出した。工藤みどりさんの作品だ。

ヘアメイクさんに、

「これ、なんかヘアアレンジとかに使えないですかね」

とお願いしたら、「え？　……ええっ？　ちょ、えっと、やってみます」ってすごくとまどわせてしまった。

でも結局、いい感じの編み込みっぽくアップスタイルでまとめてくれたので、プロってすごい。

ただちょっと、実家で過ごした気絶しそうな日々のせいか、顔が信じられないほどむくんでいた。

「ちょっと失礼しますね」

メイクさんが、拳《こぶし》を突き出した。そのまま、甲の出っ張った部分を、わたしの頬《ほお》から顎にかけて、押しつけていく。

ゴリゴリゴリッと、体から鳴ってはいけない音がした。悲鳴をあげたのち、顔はちょっと縮んでいた。拳ひとつで解決する、プロってすごい。

ヘアメイクはふたり体制。

ひとりが髪の毛をひたすらブローしていき、ひとりがメイクする。髪の毛を引っ張ってくるくるしていくから、もちろん顔は斜《なな》めになるし、揺れる。その状態で、もうひとりが、顔にいろんな液体を塗りたくっていく。揺れる顔面でアイシャドーやラインまで引いていくのを見て、ビビった。

名探偵コナンに、赤井秀一《あかいしゅういち》というFBI所属の天才スナイパーがいる。パンク寸前のタイヤでバランスを崩しながら爆走している車の後部座席に乗り、後ろから追ってくる公安の車のタイヤを、正確に撃ち抜いていくという、ぶったまげたシーンがある。

彼は拳銃《けんじゅう》をかまえながら、ドヤ顔で言う。

「規則的な振動なら……計算できる…」

今日のメイクさんはそれだった。髪の毛を引っ張りまくられるわたしの揺れを計算していた。何度でも言うけど、プロってすごい。

あれよあれよという間に、別室へ移動して出演。

でっかい失敗はしてないと思うんだけど、ちょっと調子が出なかった。話を振ってくださったみなさんに、申し訳ない。

ここ最近、あまり人の前で話さず、話題も介護かイオンのことばっかだったので、広い世のなかのことに対する頭の回転力があきらかに落ちてた。でも、ここへ来て、ピンッとした緊張感をもって、プロフェッショナルたちが起こす大きなエネルギーの渦《うず》に、飛び込ませてもらってよかった。

これで明日から、また、神戸でがんばれる。

テレビ局を出たあと、新聞社の取材を受けた。

3月21日の世界ダウン症の日が近づいていることもあって、弟のことについての取材だ。疲れてはいたけど、逆に疲れていると、自分の奥底にある素朴な言葉が出てくるので、それはそれで。いいこと言おうと、飾る手間が惜しいから。

「岸田さんにとって、ダウン症はどういう障害ですか?」

医療情報に通じて、丁寧に、正確に、話を聞いてくれる記者さんが言った。

わたしはとっさに、

「こういう説明がいいかわからないけど、障害と言われたとき、それは社会的には正しいんだけど、わたし的にはいつも違和感があるんです」

と答えた。

弟は障害者だ。ダウン症で、知的障害。

でも、彼の特性は、成長がとてもとても、ゆっくりであること。言葉をうまく話せず、コミュニケーションがむずかしいこと。環境の変化や曖昧《あいまい》な空気の理解が、苦手なこと。

それは障害なんだろうか。

社会生活のなかで生きてる人には、わたしのように言葉がわかって、それなりに変化に順応できる人が、たまたま多いだけで。

言葉を使える人が多いから、しかたなく、使いづらい人たちも合わせてくれているだけで。

わたしたちがスムーズに生きていくために都合がいい人を「健常者」、都合が悪い人を「障害者」と呼ぶのは、なんかずっと、ぎこちない違和感がある。だからといって、障害者って言葉をやめましょうとまでは、思わないけど。

犬が褒《ほ》められるときの気持ちにも似ている。

「かしこい犬」「いい犬」という褒め言葉があるけど、多くの場合それは「人が飼ううえで、都合のいい犬」にすぎない。自然界では、よく吠《ほ》え、よく走り、人に懐かない犬の方が優れているはずだ。

いいか悪いかをジャッジするのは、いつだって、優れた人ではない。多数派の人たちだ。

弟はたぶん、言葉も文化も通じない、宇宙人がいる火星で暮らしているようなものだ。見様見真似で彼らの文化に合わせ、コミュニケーションを学び、交信しようとしている。

弟には、そういう力がきっとある。もの言わぬなにかを、じっと見つめて、ありそうもない感情や物語を、受け取る力が。

この地球に宇宙人がやって来て、共生するとなったら、ストレスフリーですぐに順応できるのはきっと、弟たちだ。それは人類にとっては、大変な戦力なのではないか。

「いまだ言葉やルールなんてものを使って遅れているわたしたちに、ダウン症の人たちはしかたなく合わせてくれてると思うんですよね。彼らにとっては、そんなものに頼らないと生きられないわたしたちの方が、障害者なのかも。誤解をはちゃめちゃに生むと思うので、これは、記事では伏せておいてほしいんですけど」

と言うと、記者さんはうなずきながら、笑ってくれた。

少し救われた気がした。

いつも心にクールポコ

2021/03/18 20:23

さっき、母から連絡があった。

「退院、3月23日やと思ってたけど、もう1週間延びるんやって」

「もしかして体調よくないん？」

「体調はええねん。なんか、薬を点滴から飲み薬に変えるねんけど、強い抗生剤を入れっぱなしでだいぶ腎臓に負担かかってるから、副作用が出たり、アナフィラキシーショックが出るかもしれんくて。退院して具合悪くなって、もっかい来るのも大変やから、病院で様子見といた方が安心やろって」

ほっ。

「3か月はひとりでお風呂入ったらあかんし、車の運転もできへんねんて。がっくりやわあ。良太は大丈夫？」

「大丈夫と言えば大丈夫」

弟は、はちゃめちゃに元気だ。

元気だが、家には帰ってきてない。

弟は先週から健康と自立のために、グループホームで生活を始めた。いきなり平日はぜんぶグループホームで暮らすというわけではなくて、体験利用という仕組みがある。

グループホームでの生活に少しずつ慣れるため、まずは週に2泊3日の体験宿泊を繰り返す。

弟が仕事をする作業所の近くにあって、運営や管理人も同じグループホームなので、なじみやすいみたいだ。

残念なのは、制度上、そのグループホームでは年間50日まで体験宿泊できるけど、満室なので本入所はできない。せっかく慣れても、別のグループホームを見つけて入所しないとダメだ。

環境の変化が苦手な弟には、ひどいことをしてしまうなあ、と申し訳なく思う。わたしの稼ぎでグループホーム、隣にもう1棟、建てられたらいいのに。

でも、弟はとても楽しそうで、はじめてグループホームに行く前から、ウッキウキで持ち物を準備していた。グループホームには、仕事で仲の良い先輩がいっぱい暮らしてるからだ。

2泊3日、グループホームで過ごして、3日目は作業所に行き、そのまま夕方にバスで自宅へ戻ってくる。

その予定だった。

3日目のまだ薄暗い朝5時に、自宅のインターフォンが鳴った。びっくりして、わたしはベッドから滑り落ち、犬の梅吉はわんわんわんと吠《ほ》えまくった。

「たらいまー」

弟だった。

置いてくるはずだったグループホームの荷物を詰めた、でっかい袋を3つも背負って、弟は自宅に帰ってきた。

電車かバスの距離を、1時間くらい、ひとりで歩いて。

朝っぱらから、たまげてしまった。

「どどどうしたん？　グループホーム、いややった？」

「たのしかった」

楽しかったんかい。

「ほな、なんで帰ってきたん？」

「おれ、しごと」

ははあ。

このやりとりを何度か繰り返して、やっとわかったのは。

弟の盛大な勘違いであるということ。

最終日の3日目に、家に帰らないといけないことを、弟はちゃんとわかっていた。

わたしが予定を書き込んだ手帳を持たせてるから。

でも、3日目の何時に帰るかが、わからなかったらしい。本当は夕方だった。

でも朝9時から、作業所で仕事がある。ならば、その前に、家に帰って準備しなきゃ……と、グループホームも、作業所も大好きで休みたくない弟は思ったみたいだ。

めちゃくちゃやる気のある社会人やんけ。わたしもベンチャー企業に勤めてるとき、徹夜してそれやったわ。寝ずにシャワーしてるとき、気絶するかと思ったけど。

そのあとすぐ、グループホームから電話がかかってきた。平謝りの電話だった。

「岸田さん、もしかしてそちらにいますか？」

「います、います！　さっき帰ってきました」

「本当に、本当に申し訳ありません。3時にお部屋を確認したときにはいらっしゃったんですが、5時に見たときにはもういなくなっていて。楽しそうに過ごされていたので、まさかおひとりで帰ってしまうとは……」

電話口の管理人さんは、弱り切っていた。

「いいんです、いいんです！　いやで逃げてきたわけじゃないし、無事だし」

あとから知ったことだけど、グループホームで利用者さんが脱走してしまうのは、きわめて重大な事故らしい。このグループホームでも前代未聞だったので、このあとえらい騒ぎになってしまった。

弟は、わたしと違って、ものすごく慎重に道を歩く。車や自転車の確認もちゃんとしてる。もちろんだれだって事故には遭ってしまうけど、心のどっかで「まあめったなことがないかぎり、大丈夫っしょ。ふつうの人と変わらんて」と思ってしまう。GPS機能のついたスマホも、こういうときのために持たせた。

ほかの利用者さんは不安かもしれないから、なんらかの対策はあった方がいいかもしれないけど。わたしの弟においては、むしろそんな謝らないでください、と言いたくなった。わたしだってまさか3時にすやすや寝てる人が、最終日だけ5時に飛び出すなんて、予想もしない。

鍵《かぎ》をいっぱいかけて、部屋に弟を閉じ込めるんじゃなくて、あくまでも自立のために弟の自主性を信頼してくれたグループホームの人たちが、わたしはうれしかった。

「こうやって洗濯しましょうね」「洗い物はこうですよ」と、家事をやったことがない弟に、彼らは根気よく教えてくれた。それで弟は、家事を手伝ってくれるようになった。母が帰ってきたら、きっとびっくりして、泣いちゃうね。

岸田家は、失敗を繰り返して、ゆっくりそれぞれが成長していく。そういう一家だ。

母は、車いすで入れるお店を、何年も探し続けた。せっかく自分のために歓迎会なんかを開いてもらっても、微妙な机の形状のせいで、車いすで食事ができなかったこともあった。みんな悲しい思いをした失敗だ。

そういう失敗があったから学習して「こういう机はダメ」「これくらいの段差はダ

メ」と、消去法でいまはお店を選べるようになった。

わたしは、家族のなかでは一番、数え切れない失敗をしている。ものを失くす、約束を忘れる。鍵なんて、首から下げたり、カバンに縫いつけたり、いろんな方法をとってきた。

弟も、そうだ。

今回、早朝に帰ってくる失敗をしたから「朝に帰ってきちゃダメで、夕方まで仕事をして帰ってくる」というルールを、ちゃんと覚えることができる。

失敗って、したらダメなことではないんだよ。成功に近づいていくことだから。命に危険があるとよくないけど、そうじゃなくて前向きな失敗はどんどんしたらいい。

心のなかにいつも、クールポコを住ませよう。たいていのことは「な〜に〜？　やっちまったなあ！」で済む。やっちまえ。

さて。

そんな弟だが、グループホームからぜんぜん帰ってこない。今晩、帰ってくるはずじゃ。

「今日、家に帰ってくるんやで」

弟に電話をした。

「こっち、おる」

「おるって、きみ。帰ってきなさいよ」

「おる」

心のなかのクールポコがアップを始めた。

そうかそうか、よっぽどそっちが楽しいんだな。自立はいいことだ。姉ちゃんはちょっとさみしいけど、でも、自分で選択するきみを見守れるのは、うれしく思う。

弟は1泊、延長することになった。それもまた人生。

もしも役所がドーミーインなら

2021/03/19 21:49

今日は、あかんかった。

ここんところもち直してきたかなと思ったけど、あかんかった。ちょっとしたあかんことって、立て続けに起きる。

14時から自宅で、ばあちゃんのケアマネさんとの大切な契約があるから、午前中にデイリーミッションを達成する必要があった。ばあちゃんが用意してくれたログインボーナスは、賞味期限の切れたはちみつヨーグルトだった。残さず食べた。

デイリーミッションのラインナップは、こちらだ。

・梅吉の散歩
・役所の市民課で、じいちゃんの相続に必要な弟の印鑑登録をする
・役所の障害福祉課で、弟のグループホーム利用の手続きをする
・銀行で、母の入院費の半額（40万円）を支払う
・自宅のトイレのリフォーム工事を予約する

これらを、10時から13時の間にすべて達成するのだ。がんばるぞ。

まず、時間がかかりそうなトイレの予約。マンションの敷地内で梅吉を散歩させながら、電話をした。業者のお兄さんが出た。

すでにメールのやりとりで見積もりをもらっており、トイレの本体と取り付け工事がセットで、10万円程度とのことだった。まあまあ、そんなもんでしょう。

「見積もり確認しました！　ぜひ工事をお願いしたいので、予約します」

「ありがとうございますっ」

わたしよりもちょっと若そうな声のお兄ちゃんが、ハキハキとしゃべった。

「ひとつだけ、お伝えしておきたいことがあるんですが」

「なんでしょう」

「トラブルを避けるために、トイレの本体はお客さまご自身にご用意いただきたいんです」

なんか話が違うぞ。電話をしながらウェブサイトと見積もりをもう一度見たが、「トイレ本体は見積もり金額に含まれており、取り付け担当者が持参します」と書いてあった。そのために申し込みフォームで機種も指定したのだ。

「えっ、持ってきていただけるんじゃないんですか？」

「ウェブサイトにはそう書いてるんですが、実情は、トラブルを避けるためにご協力をお願いしています」

「どれをどこで買ったらいいかという相談は乗ってくれますか？」

「それも、トラブルを避けるためにお断りしています」

「じゃあわたしが自分でトイレの本体をネットで選んで購入し、工事までに家に用意しておくと？」

排水管の高さやタイプによって、同じ製品でも6種類くらいある。業者さんに写真と寸法を伝えれば、最適なものを選んでくれると思っていたのに。

「はい。トラブルを避けるために」

わたしが自分で選んだ方が、トラブルが起きそうな気がする。

っていうか、指定した新品のトイレ本体を業者さんが持ってくることで、起きたトラブルってなんなんだ。

例えば「うちのトイレちゃんに傷がついてる！」「どこかで取り違えただろう！うちの子じゃない！」とか。いやぜんぜん想像できん。

お兄さんは続ける。

「大丈夫です！　トイレの本体がない分、お見積もりの10万円から、6万円ほどお値引きさせていただくので！」

勉強させていただきますさかい、みたいなやり遂げた声色をしているが、至極当たり前のお値引きである。トイレ本体分の料金を引いてるだけやないか。

「えーと、すみません、ほかの業者さんと比較させてください」

電話を切った。

なんなんだその不思議な料金体系は、と考えていたのだけど、どうやら、できるだけ本体＋工事費のコミコミのプランを安い金額に設定しておいた方が、業者の比較サイトで上位に表示されて有利だからと気づいた。で、上位に表示させてお客さんを集め、実際は、トイレ本体が用意できないので見積もり金額を変えると。ダークサイドに落ちた下町の孔明か。そんなことに知恵を絞ってんじゃないよ、まったく。

駆け出しから、どっと疲れた。

次に、母の入院費を払うため銀行へ行った。

振込票というのが届いていて、それを銀行のATMで読み取ると、振り込める。便利。

三井住友銀行のATMコーナーは、お昼どきだからか混雑していた。1列に並び、10台ほどあるうちのATMで、空いたら先頭の人がそこに入るというルールだけど、わたしはこれが苦手だ。

スーパーなら、レーンが複数あるから、目の前のレジだけ見ていたらいい。パートのおばちゃんも、「次のお客さま！」と元気に呼びかけてくれる。

でもこれは、「どこのATMが空くかを目で確認し」「即座に空いたATMに、自分で入らないといけない」という、判断力が求められる。先頭になると、途端に冷や汗が出てきた。

やった！　空いてる！　と思って勇んでＡＴＭに入ったら、なんとソーシャルディスタンスを保つために使用禁止で動いていないＡＴＭだった。列を振り返る。すでにわたしがいた先頭には、次の人が立っている。

「ごめんなさい、間違えました」謝りながら、また先頭に戻る。みんなが一歩ずつ、後ろに窮屈《きゅうくつ》そうに下がる。ああ、恥ずかしい。

かと思いきや「お姉さん！　前、空いてるよ！」と、後ろの方にいたおじさんからどやされた。心臓が跳ねそうになる。ダメだ、わたしはこの世界に向いてない。世界音痴。

そんな思いまでしたけど、ＡＴＭで振り込みはできなかった。10万円以上の振り込みは、窓口でしか受け付けられないのだ。なんだと。

ただただ疲弊しただけでＡＴＭコーナーをあとにし、窓口へ出向いた。

すると、

「こちら10万円以上のお振り込みには、ご本人さま確認が必要になります」

そう言われて、わたしのマイナンバーカードを出したら「依頼人が岸田ひろ実(母)さまと印字されているので、ひろ実さまのご本人確認をさせてください」

たしかに振込票には、岸田ひろ実と病院側で印字されていた。

「ええと、本人は入院してるんですが」

「では申し訳ありませんが、免許証などを借りて、またお越しください。代理人の奈美さまの本人確認も一緒にお持ちください」

うわあ、マジか。出直し。

コンビニなら払えるかもと行ってみたが、30万円以上の振り込みは受け付けてもらえなかった。

長期の入院費って、家族が代わりに払うケースがほとんどじゃないのか。なんでこんな仕組みなんだ。母は貴重品を病室で保管しているので、免許証を借りに行かなければならない。往復2時間、約1900円。お金を払うために、お金を払わなければならないとは、これいかに。

入院費を払えないまま、印鑑登録をしに市民課へやって来た。

なにをそんなに手続きをすることがあるんだこの世のなかはと思うくらい混雑していて、受付は30分待ちだった。

この日のためにあわててつくった良太の実印を書類に押し、記入する。

「ここと、ここに押してください」

担当してくれたのは、わたしと同い年くらいの職員さんだった。

「今日は代理でお姉さまが来られてるので、自宅に照会書が届きます。それを持って、もう一度来てください」

なるほど、代理で印鑑登録をする場合、2回来所する必要があるらしい。

時計を見ると、ケアマネさんが自宅に到着する時間ギリギリだった。走って、駅へ向かう。

あと2分で電車が来るというとき、電話がかかってきた。

「さっき役所で手続きした者です。すぐ戻ってきてください」

「なんで?」

「予備の印影を押してもらうの、忘れました」

「ええー。もう電車が来てしまうのと、用事があるので、今日はむずかしそうです」

「それならまた来られたときに、手続きし直してください」

「ウソでしょ。最初から？」

「そうなります」

30分間が、万象一切灰燼《ばんしょういっさいかいじん》と為《な》した。

30分間を待つことは、苦ではない。それで失敗したとしても、得られるものはある。人は、成長するものは愛することができる。

でもこの30分間の消え方は、本当に「虚無《きょむ》」でしかない。あちらのミスなので、わたしは成長しないし、この時間でだれかが救われたということもない。ただ、意味もなく、消えた。

もうあかんわ。


朝からなにも食べていないことに気づいた。ひもじい。唯一目に入った食べ物は、駅ホームの自販機に並ぶソイジョイだった。

買おうとしたけど、財布に1万円札しかなく、投入できない。電子決済の機能も自販機にない。

たった1枚、財布にはオリンピック記念硬貨が入っていた。伊豆《いず》の温泉《おんせん》の骨董品屋《こっとうひんや》のじいさんに交換してもらったやつだ。

泣く泣く投入したら、ふつうに自販機からペッと吐き出された。悲しかった。役所で手続きを間違えた彼も、一生懸命やってくれていたのかもしれない。責めてはいけない。

でも、この行き場のない悲しみのやりどころが、わからない。

1年前。東京の鮫洲《さめず》にある運転免許試験場で、わたしと同じく、手続きにミスがあって二度手間になった任俠系《にんきょうけい》のおじさんが、窓口でブチギレしていたのを思い出した。

「俺はなあ！　俺にしかできん仕事を断って、ここに来とんじゃ！　それをなんや、もういっぺん来いって、その態度は！　ぶちのめすぞ！」

それはもうブチギレていた。ただ、運転免許試験場の運営は警視庁なので、おじさんはすみやかに両脇を固められ、別室へ消えていった。

窓口の人たちだって事情があるだろうに、なにをそんなに怒ることがあるんだと思ったが、いまなら共感できる。あれはお昼どきだった。おじさんは、お腹が減っていたのかもしれない。

腹が減っていると、ありとあらゆる理不尽に打ちのめされ、怒りと悲しみが募る。

これを救うには、ドーミーインの仕組みしかない。

ドーミーインはすごい。どんなに怒っている人でも、ドーミーインで1泊すれば、生まれ変わったように懐が深くなるはず。

まず、夜鳴きそばが無料だ。21時という絶妙な時間帯に、醤油《しょうゆ》ラーメンを食べさせてくれる。

大人は夜、鳴くのだ。悲しくて。寂《さび》しくて。憤《いきどお》って。

その鳴きざまをなだめるには、ラーメンしかない。実に合理的だ。腹を満たせば、たいていのことはどうでもよくなる。

指定された時間内に食べられなかった人こそ、さっきのおじさんみたいに、不公平だ、とブチギレするかもしれない。役所でもよく見られる光景だ。

ドーミーインはそんな大人の愚《おろ》かさも熟知している。時間外で食べられなかった人には、同じ味を再現した、カップラーメンを配っているのだ。慈悲の配布と銘打ち、ルネサンス期の絵画になるべきだ。

そして、大浴場から上がると、廊下には「ヤクルト（のような飲料）」か、「アイスキャンデー」が置いてある。これらを見ると、どんなヤクザも顔をほころばせてしまう。マカロンや羊羹《ようかん》ではおさまらない大人の怒りも、ヤクルトとアイスキャンデーの前では、ノスタルジックに情緒をたたみかけられる。「ALWAYS《オールウェイズ》 三丁目の夕日」のBGMが流れる。やがて世界は収束に向かう。

結局のところ、必要な書類がないと手続きは進められないのだし、いくら窓口に怒鳴ったって状況は変わらないのだから、せめて、「時間を無駄にしてしまった」「腹が減った」という怒りと悲しみを和らげる仕組みを、役所の前に設置すべきだと思う。幸せになる人がたくさん現れる。

公費でまかなえないのなら、わたしが屋台を引く。そういうNPO法人を立ち上げる。

そんなことを考えながら、自宅に戻った。

ポストには、「おばあさまの介護認定ですが、必要な書類が病院から送られてきませんので、認定を出すのが半月遅れます。ごめんね」という旨のはがきが入っていた。

ああ。

夜鳴きそばはどこだ。ヤクルトはどこだ。

にっちもさっちもいかないことでイライラしたとき、近所にドーミーインがないわたしは、やむなく油を摂取する。

油はできるだけジャンキーな方がいい。マイブームはローソンのLチキだ。だが、あまりにも毎日あかんことばかり起きるので、自宅の近くにあるローソンでLチキを買い、食らいつきながら帰るというのが日課になってしまった。

「岸田さん、Lチキ食べて歩いてましたよね！　自分も好きです！」

「父が何かを食べている岸田さんを見たようです。なにを食べていたんですか」

このようなダイレクトメッセージが、Twitter《ツイッター》（現X《エックス》）に届くようになってしまった。

静まれ。神戸市北区民よ、静まりたまえ。静まったのちに放っておいてくれ。恥ずかしさで死んでしまう。

姉弟はそういうふうにできている

2021/03/20 20:30

ダメな大人なので、ちょっと気を抜くと、グダグダになる。

たとえば、靴《くつ》。

「そろえなさい」と口すっぱく言われて育った。よそのご自宅や、食事で座敷に上がるときは、さすがにそろえる。

最近は実家でもやっとそろえられるようになったけど、ひとり暮らしをはじめて一番ひどいときは、片方しか見当たらない無数の靴の上に、ポストからあふれた郵便物が雪原のようにおおいかぶさっていた。

勉強に仕事にと一番しんどかった時期とはいえ、さすがにまずい。どんな精神やってん。ポストくらい見ろ。

母は、「これをまずいと思ってくれることに感動してる」と、静かに成長を褒《ほ》めてくれた。

いまはさすがにそんなことないけど、「靴をそろえるよりも夢中になること」が、入室と同時に起こると、もうダメ。靴も服もしっちゃかめっちゃかに脱ぎ散らしてしまう。

弟はというと、わたしとは性格が真逆だ。

丁寧で、よく気がついて、きっちりしている。週に1回、自分の棚をなにはなくても整理整頓し直してるのを見て、姉は驚愕《きょうがく》した。

同じ家で育った、違う文化圏の人。母はいつも「同じように言って聞かせたはずなんやけど」と、首をひねっている。わたしが靴を脱ぐと、両足にはそれぞれ違う色の靴下がお目見えする。「なんで素材も色も違うやつ履《は》いて平気なんや」と、今度は母と弟が驚愕した。

わたしは幼いころから近所の人に、「お姉ちゃんはえらいねえ、良太くんの面倒を見て」と、頻繁に褒められてここまできた。ただ一緒に歩いているだけで褒められたので、たぶん、障害のある弟の面倒をちゃんと見てえらいねえ、という枕詞《まくらことば》がつくんだと思う。

いやな気分になることはないけど、なんか、申し訳ない気分になる。どっちかっていうと、もっぱら面倒を見てもらっているのは、わたしだ。

たとえば、わたしは弟とよく、ふたりで旅行に行く。

ホテルの客室に入り、いすで一息ついたころにふと入り口付近を見ると、天国と地獄のような光景が広がっている。自分では気づかなかったが、母が以前、神妙な顔で写真を撮って見せてくれてから、ようやくコトの大きさに気づいた。

まず、靴。

わたしの靴は、天狗《てんぐ》が「明日天気になあれ」と下駄を蹴飛ばしたように、ひっくりかえって散らばっている。入り口から入ってきたはずなのに、なぜか靴は外に向かって、ダンスの最後みたいなポーズで着地しているのだ。脱いだ記憶もない。

弟の靴は、きっちりとそろえて、端に寄せられている。それだけではなく、ハンガーに服がかかっている。弟のように服をアウターとトップスにわけてハンガーへかける、という発想がわたしにはなかった。この男は天才なのではないか。

ちなみに、わたしのアウターは、ぐしゃぐしゃになって床に落ちていた。

不思議すぎる。さすがにわたしも、身につけるものを床に捨てたりはしない。たぶんどこかにテキトーにかけたと思うんだけど、飛んでったのかな。

呆然《ぼうぜん》と自問自答していると、弟がわたしの服を拾い、ハンガーにかけてくれた。

兵十《ひょうじゅう》が撃ったごんを見たあとに、「ごん、おまいだったのか」と、衝撃を受け、後悔するシーンがある。同じ気持ちになった。青いけむりが、まだ筒口《つつぐち》から細く出ている。

「ごめん、ごめんな。姉ちゃんのせいで」

わたしが言うと、そんなことはええからと言わんばかりに、スリッパを出してくれた。

出してくれるまで、自分が裸足で客室を駆けまわっていたことに気がつかなかった。

彼のなかでわたしは毒姉なんだろうかとはらはらしたけど、弟は「ほな、ごはんいこや」と立ち上がった。

彼が指定したのはバカデカいステーキ。もちろん払うのはわたし。会計前に弟はわたしに「ごちそうさま」と言う。そのあと弟は、行きたい場所を、スマートフォンで指さしながら、無言の圧力をかけてくる。

「ちょうどええんやな、これくらい正反対なのが」

母は呆《あき》れた。神はうまいこと、われら姉弟をつくりたもうた。

弟はきっちり、ゆっくり、丁寧だ。わたしはざっくり、せっかち、飽き性だ。

母いわく、弟は、わたしと旅行に行くときだけぜんぜん違う顔で笑うらしい。めちゃくちゃ楽しそうで、目がきらきらしていると。心おきなくいろんなところへ旅行できるのは、取り落とした服や靴を、弟が拾い集めてくれるからだ。

とはいえ、もう少し、ちゃんとしないといけないかもしれない。弟もたまに「もう、なみちゃんは！」と怒っている。ごめん。

そんな弟、この間の健康診断の結果がだいぶ悪かった。肥満だ。ダウン症の人たちには、めずらしくない症状でもある。

グループホームで1週間、楽しく、規則正しい生活をしたせいか、ちょっと弟の顔はすっきりしていた。あとは少しでも、運動を。

走ったり、細かい動作をしたりするのが苦手な弟が楽しめるスポーツは、水泳だ。高校生までは地元のスイミングスクールに通っていた。弟はひとりで着替えられるし、泳ぎもクロールからバタフライまでひとときおりできるので、「なにも問題はない」とコーチが受け入れてくれたのだ。

でも、大人になると、弟が入れるクラスがなくなった。

成人のクラスに入ろうとすると、言葉でのコミュニケーションがメインになるし、ほかのメンバーもとまどうから、とやんわり断られてしまった。地元にはあとふたつ、水泳のできるスポーツクラブがあったが、クラスへの入会は断られた。

自分ひとりでプールに入ることもできるけど、弟のモチベーションは「みんなで楽しく、そして褒められること」なので、なかなかひとりじゃ続かない。25メートルを1本泳いで、ふうやれやれ、で終わっちゃうと思う。

いろいろあたってみたら、電車で30分のところにある福祉に特化したスポーツ施設で、知的障害者向けのプール教室があると知った。

ちょっと遠いけど、何度か行ったら弟が行き方を覚えてひとりで通えるかなと思っていたら、かならず介助者が水着を着て、入水して見守らなければいけないと知った。

介助者て、わたしか。わたしの方が、介助されてるけども。

ガイドヘルプっていう、障害のある人を余暇活動に連れ出してくれる福祉サービスがあるのだけど、それは一緒にプールに入るのはダメとのことだった。ほかにも、公共交通機関しか使えないとか、デイサービスやグループホームの送迎には使えないとか、思ったより制約が多い。

わかる、わかるよ。事故とかね、パニックになったりね、する危険性もあるから、そこはコーチも責任もって見切れないもんね。

……わたしも入るのかあ。

「一緒に泳いでもいいんですか？」と聞いたら、「基本的には水の中でじっと立って、そばで見守ってもらう形になります」とのことだった。ふやけちゃう。

まだあかんくないわ

2021/03/22 00:09

もうあかんことばかり書いてきたけども、今日は、まだあかんくないなと思えてしまうくらい、胸がドキドキした。

3月21日は、世界ダウン症の日。朝日新聞（東京版）と、東京新聞で、全段フルカラー広告が無事に載ったのだ。わたしが自分でお金を払って、個人で出稿した。

去年の12月、「一生に一度は、乗りたい車に乗りたいなあ」という母のために、父が亡くなったあと、生活のため一度は手放したボルボを全財産使って購入したことをnote《ノート》に書くと、たくさんのサポート（お金）をいただいた。

その使いみちを考えた結果だ。

ボルボは自分で買うものだし、家族の旅行に使いたくてもしばらく行けそうにないので、せっかくなら家族と、応援してくれた人たちに喜んでもらえる使い方をしようと思った。

世界ダウン症の日に、ダウン症の弟について、知ってもらえる広告を出すことにした。そのまま額に入れて末代まで飾りたいくらいの1枚になった。

この広告がきっかけで、ダウン症についてさらに詳《くわ》しく、取りあげてくれる記事も掲載された。

わたしも弟も神戸にいて、掲載紙《けいさいし》の実物を手に入れることはできなかったけど、たくさんの人がSNSに広告の写真をアップしてくれたので、朝から夕方までタイムラインを眺めているだけで、何枚もお目にかかれた。

弟に、わたしのスマホでTwitter《ツイッター》（現X《エックス》）を見せて、「きみの写真が、新聞に載ってるんやで」と言うと。

「えぇーっ。これ、おれやん。やった！」

と、サプライズになった。自分のことがダウン症とわかってない彼だけども、そんなことはどうでもいい。

目立って、褒《ほ》められて、ちょっとその場を明るくすることが好きな弟が、喜んでくれたのなら。郵便で本紙が届いたら、作業所やグループホームに、自慢げに持っていってくれたなら。

弟と同じく、喜んでくれるダウン症の人やご家族がいたなら。なんなんやろうと知ってくれたら。

だけど、わたしひとりの力では、まるで届かなかったので、この場を借りてみなさんにお礼を伝えたい。

年々、わたしの人生は豊かになっていると思う。あかんと思ったとき、あかんくないでという上昇気流が届いて、わたしを運んでくれる。ありがとう、これからも、よろしくね。

弟は、いいところばっかじゃない。

ふつうに「はあ?」って思うこともする。思うだけじゃなく、声に出しちゃうこともある。そういうときは弟もわたしに「はあ?」って返してる。

八つ当たりもする。

わたしは弟にちゃんと伝わんないのが「めんどくさいな」と思うし、弟もわたしが汲《く》みとらないのを「わかってねえな」と思ってる。

ただ、弟のぜんぶを好きなわけではないけど、弟のぜんぶに救われている。だから原稿では、いいところをたくさん、書く。

書くと、いいところが濃縮結晶化して、100年先も残って輝いているような気がする。


ホテルの朝食ブッフェを好きな弟が、好きだ。

ひとつひとつ、料理を吟味《ぎんみ》して、ぎこちない手つきで皿に盛っていく。

ああ、ちゃんと自分で選んでる。言いたいことも言えないこんな世のなかに、弟がまだやりたいことがあるんだ、欲しいものがあるんだ、と確認すると安心する。

ブッフェでワクワクしながら料理を選んでとるというのは、生まれてよかったと思うことに似ている。

弟の皿の上に、こんもり盛られるのは、だいたい茶色で味の濃いおかずだけど。焼きそば、ソーセージ、ベーコン、からあげ、フライドポテトがひしめき合ってたりするけど。たまにはいい。

わたしと弟が小さいころ、家で飼っていたメダカに、えさをあげすぎてしまったことがある。メダカは満腹感をあまり感じないので、えさをあげたら、あげた分だけ食べてしまうらしい。メダカはめちゃくちゃ体調不良になり、あやうく死んでしまうところだった。

岸田家ではその教訓から、食べすぎて腹を壊したりすることを「メダカ（正しくはメダ化）」と呼んでいるが、弟はよくメダカになる。メダカになるかならないか、ギリギリのところで彼が手を止めたときは、拍手して称《たた》える。

一緒に歩くときは、絶対に横に並ばず縦に並ぶ弟が、好きだ。

生まれたときからドラクエ方式が身についている。つねに5メートルほど距離を空けて、後ろを弟がついてくる。わたしが止まると、弟も止まる。その差は縮まらない。

よって、歩いているときに、弟と会話することはほとんどない。

いろんな人から、険悪なのかと心配されるけど。そんなことはない。むしろ、会話をして間をもたせる間柄より、黙ったまま間がもつ間柄の方が貴重じゃないか。わたしたちは黙ったまま、会話してる。

わたしがスマホを持ちながら、首をコキッと無意識に鳴らすと、弟がめずらしく横に並んで、肩あたりを揉《も》んでくれる。弟より先を歩いて、自販機や美味《おい》しそうな屋台をわたしが見つけ、先遣隊《せんけんたい》として役に立つ。

笑えと言われると、うまく笑えない弟が、好きだ。

つくり笑いという概念を知らないのか、弟は人前であまり笑わない。ずっと真顔だ。むすっとしてるわけでもない、わりと満足そうな、なんなんだろうな、あの表情は。でもそれは、弟が巧妙なウソをつかないという信頼でもある。たまに弟は、ひとりで笑っている。それを目撃したとき、どうしようもなく、うれしくなる。

今回の新聞の広告を、人に見せるとき、弟はなにをしゃべって、どんな顔をするかな。もうあかんと思ったけど、そないにあかんことばかりじゃないわ。

さあ、来週はいよいよ、母が家に帰ってくる。

家の鍵《かぎ》をにぎるは知らないおじさん

2021/03/22　22:14

大阪から神戸へ向かう、普通電車のなかでこれを書いている。

電車でパソコン開いてる人なんて、スマホの電波も届かない山道をざくざく通っていくこの路線では、わたししかいない。というかそもそも乗客がぜんぜんいないので、大注目を浴びている。

今日は、大阪へ行った。

わたしのもうひとつの家に2年前から住んでいるおじさんに会うためだ。

正確にはわたしのばあちゃんの家で、相続してない。だけど大学生のときから6年間、「あの家はだれも住んでへんから、あんたが好きにしてええ」とひとりで住まわせてもらっていた。

ふたを開けてみれば、築70年を超す昔ながらの長屋の一角で。柱自体が歪《ゆが》んでいて、あちこちドアは閉まらないし、天井にはアクティブでパワフルなネズミが住み着いている。隣に住むじいさんばあさんの、毎日プログラムでセットされたかのような同じ会話が7・1chサラウンドで聴こえてくる。

耐震性も、たぶんまずい。断層の真上に堂々と建ってるし。

一度、震度4の地震が来たとき、廊下の照明がガタンッと落ちてきた。ユニバの初期のジュラシック・パーク・ザ・ライドでコンテナが落ちてくるのを思い出した。ばあちゃんは「あんたがお嫁に行くときは、この家をあげるからな」と、わたしの成長を祝うつもりで、何度も何度も言ってくれたのだけど、正直、そこまでうれしくはない。

というか「嫁入り前の手土産《てみやげ》」感を出しているが、相続税ならびに耐震工事や大がかりなリフォームやネズミおさらば作業を含めると、下手すりゃえらい額になる。

嫁入り、即、負債。人生の展開が最近のジャンプマンガ並みに速い。望まぬ人気が出てしまう。

それでも、大阪の心斎橋には歩いて行けるし、街はそれなりに静かで歴史の古い商店街や、新進気鋭のおしゃれレストランなんかもたくさんできているという立地のよさから、わたしはありがたく住み続けた。

4年前。勤めていた会社で、東京転勤を言い渡された。

ばあちゃんは足腰が悪く、とても長屋に戻れる体力はなかったし、路地が狭《せま》すぎるので車いすの母も近づけなかった。

長屋の面倒を見る人がいなくなってしまったのだ。

半年に一度はわたしが様子見に帰ってこられるし、とりあえず家は空っぽのまま放っておけば、と言ったのだが、ばあちゃんと母から大反対された。

「そんなに長く家を空けて、火でもつけられたらどうすんの！　隣もその隣もじいさんばあさんたちが住んでるから、大惨事やで！」

びっくりした。

「泥棒とかじゃなくて？」

「まあ、盗るもんないしな」

「なあ」

ばあちゃんと母は、顔を見合わせた。それもそれでどないやねん。

「せやから、盗るもんなくて、怒った泥棒が腹いせに火をつけるかもしれへんやろ」

泥棒の性格、やばっ！

火事場泥棒と聞いたことはあるけど、泥棒火事場はない。

身内に泥棒がいないので彼らの心理はよくわからんのだけど、そういうこともあるんだろうか。あるんだろうな。泥棒は根絶しなければならない。

よくよくばあちゃんの話を聞いてみたら、放火にかぎらず、古い家だからコンセントから漏電すると危ない、という趣旨だった。なるほど。

ほないっそ売ろか、という方向で団結した。

あの土地なら1000万円くらいにはなるというのが、ばあちゃんの皮算用だった。取らぬ狸《たぬき》の。

家族はだれも不動産を売買した経験がないので、とりあえず長屋のポストに入っていた「家、お売りください！　女性スタッフが優しく丁寧に査定します」というチラシの番号に電話をかけてみた。

プルルル、プルルル、ガチャッ。

「はい、○△不動産です」

おっさんだった。

「チラシ見て連絡しました、家を売りたいので査定してほしいんですけど」

「あー、はいはい。住所どこですかいね？」

あんたが査定するのかよ。

仰天した。なにが女性スタッフだ。声の感じと、バチバチの関西弁からして、思い浮かぶビジュアルは『ナニワ金融道』のおっさん一択だ。

ドキドキしながら、住所を伝えた。

坪数や法務局で確認できる建ぺい率などを聞かれたが、無知すぎるわたしはどれも確認してなかった。なんか、Google《グーグル》マップとかでわかるんかと思っていた。

その時点で、おっさんは「めんどくさい」スイッチが入ったみたいだ。声のトーンがあきらかに変わった。

「お姉さんいくつ？」

「25歳です」

「はんっ」

家を売るにしては思いのほか若いから、びっくりして声が出たのかなと思ったけど、

「お嬢ちゃん、親切で言うけどなあ」

いきなりお嬢ちゃんに変わったので、さっきは鼻で笑いやがったなこのおっさん、と気づいた。だれがお嬢ちゃんや。

「お嬢ちゃんのお家はメンテナンスもいるし、たぶんそない値がつかへんで。あたしらでも見積もりすんのも無理やから、ほかあたってもらえる？」

あたしら？

あれっ。そういえば酒焼けしてるけど声がちょっと高い。

まさか。

おばさんやんか、この人。

とらえようによってはお姉さんだ。お姐《ねえ》さんかもしれないが。チラシはウソじゃなかった。

そのあとすぐに思い直した。いや、優しくっていう部分は、ウソやないか。

「ほなね」

ガチャッ。

ほなねで切られた。友だちか。

見積もりすらしてもらえない土地があるのか。驚愕《きょうがく》だった。

あとあと考えたらたぶん、隣とくっついてる古い長屋だし、わたしが初心者すぎるし、持ち主がばあちゃんだったので、無駄骨も多そうでめんどくさかったんだろうなあと思う。

丸腰でなにわの不動産屋に挑んだわたしもバカだった。ええ勉強させてもらいましたわ。

どうしたもんかなと思いつつ結論は出ないまま、とりあえずわたしは東京で暮らしはじめた。3か月に1度は、出張も兼ねて、長屋の様子を見に行って。

そのころわたしは、六本木のバーでバーテンダーをしていた。気が利かないうえに一滴も酒が飲めないので、愉快そうにすることしか能のないバーテンダーだった。

その日、はじめて会った男性のお客さんが言った。40歳手前くらいで、営業部長だというのにロン毛だった。

「俺、大阪支社の支社長になったんだよ。来週から大阪」

上場こそしていないが、巨額の資金調達をし、業界ではベテランにも若者にも知られている、勢いのあるベンチャー企業だった。

「おめでとうございます！　わたしも大阪の中央区に住んでたんですよ」

「じゃあ住みやすいところとか知ってる？　来週から転勤なのにまだ家決めてなくて」

「どうするんですか？」

「しばらくホテル住まいかなあ」

「へえ。わたしのばあちゃんちが空き家になっててそのままだと危ないから、そこ住みます？」

「そうなの？」

「って言っても、築70年でボロボロの長屋ですけどね。鍵《かぎ》もいまありますよ」

冗談のつもりだった。

しかし、次の瞬間、お客さんの顔がぐんっと近くなった。

「いいよ、いいよ」

「えっ、でも、めっちゃネズミとか虫とか住んでますよ」

「キャンプが趣味だから、いいよ、いいよ」

「壁が異常に薄くて、隣に声がだだ漏れだから、友だちとかと騒げませんよ」

「騒ぐより寝ときたいから、いいよ、いいよ」

「絶対もっとちゃんとしたとこ住んだ方がいいですって」

「あんまり家に頓着《とんちゃく》しないし、俺、お寺に毎月手伝いに行くくらい古い木造建築好きだから、いいよ、いいよ」

「手すりとかドアとか、壊れて外れてるかも」

「工務店やってる叔父さんいるから、直しとくし、いいよ、いいよ」

お客さんは、ぱっと手のひらを出した。鍵を所望していた。

「火の元でも、郵便でも、なんでも見るから、いいよ、いいよ」

ほんとになんでもよさそうだった。

一瞬だけ迷ったが、わたしだって、いつまでもあの家を放置しておくのはよくない。家は住む人がいないとダメになる。

その場で母とばあちゃんに連絡をしたら、まあ、空き家で火事になるくらいならいいんじゃない、とのことだった。

「じゃあ、とりあえず2年ってことでいいですか」

「うん、こっちもそれまでには別に住む家見つけるわ」

わたしはお客さんに、長屋の鍵を渡した。

それを横目に見ていたバーのマスターは、思いきり困惑していた。

「えっ、岸田さん、いいんすか？　マジでいいんすか？　えっ、えっ？　家ですよ？　鍵ですよ？」

と、ひたすらたずねていた。そんなもん、わたしもわからない。だけどこの人の「いいよ、いいよ」には不思議な引力があった。

わたしがおじさんを信用したのは、いくつか理由がある。

このバーは会員制で、なにかまずいことをすれば、すぐに話が伝わるので、誠実な対応をしてくれるお客さんが多かった。

実際、このお客さんも同僚や部下とよく通ってくれる人らしく、信頼に足《た》りるとマスターから聞いた。身元もはっきりしている。

バーで鍵を渡したあとに、「心配だったら内見とか、簡単に覚書とか、ルールの確認とかしようか。奥さんも紹介がてら連れていくよ」と言ってくれた。

まあ、だからといって、世のなかには詐欺とか泥棒とか、する人はいるんだけどね。いるんだけど。このおじさんは、見込みがある。

テンションは低いところでずっと一定し、言葉の節々にものごとをやわらかく見る視点が感じられて、この人なら古い家も大切にしてくれそうだなと思った。

お金を払うよと言われたけど、ただでいいと断った。

こうしてわたしは、おじさんを家の守り神に据《す》えた。

そして、約束の2年が経って、いま。

おじさんから、「そろそろ、奥さんと住む家を別にこっちで借りようと思うよ。ありがとうね」と連絡がきた。

今日はそのお祝いと、鍵の受け渡しで、一緒にごはんを食べた。

「どうでしたか、大阪は」

「もう東京に戻りたくないね」

おじさんは言った。だから東京でひとり働いていた奥さんを、こっちに呼び寄せるのだ。

わたしも大阪が好きだ。仕事と実家の都合で、いま住むことはできないけど、でもわたしの代わりに空いた家に住んで、わたしの代わりに夫婦で街を愛してくれたなら、鍵を渡した選択はとてもよかったなと思う。

さて。おじさんの住んだ家を、これからどうしようか。また悩みの種が増えてしまった。

本人なのか、本犬なのか、はたまた本官

2021/03/23　22：13

今日は動物病院で、梅吉の健康診断と予防接種をすることになっていた。

朝一番で梅吉を病院に連れていくと、目につくすべての看護師さんと先生に、「ぼくだよ！　ぼくがきたよ！」と吠《ほ》えまくってしっぽフリフリで突撃し、リードがビンッとなって、「トムとジェリー」のトムみたいな動きで引っ張られ咳《せ》き込んでいた。

かれこれ生まれたときから、ずっとこの調子だ。

最初に外で出会ったときも、梅吉は落ちたらやばい高さのケージにいたにもかかわらず、ビョンッとわたしの胸のなかへ飛び込んできた。

命知らずの、愛されたがりや。

先生に「ごめんなさい、しつけが行き届かず……」と謝ると、

「いやあ、これはもう生まれつきの性格ですね。なんでこんなに人懐っこいのかな」

と笑いながら、ジャンプしまくる梅吉の体重を測るのに、ずいぶん長い間格闘していた。

血液採取や、麻酔をかけて喉の奥を見る検査があったので、3時間後に梅吉を迎えに行くことになった。梅吉が不安で寂《さび》しがるかと思って振り向いたら、彼は看護師さんに全力で抱きついて、ハフハフ言ってた。それはそれで寂しい。

外へ出てもまだ9時だったので、近くにあるカフェ・ド・クリエで待つことにした。カフェ・ド・クリエといっても、東京で利用していた店舗とは、ずいぶん趣《おもむき》が違う。巨大なスーパーの一角に無理やり憩《いこ》いの場としてつくられたので、「5倍！ 5倍！ポイント5倍デー！」「今日は冷凍食品がオトク！」などの主張が強すぎるアナウンスが、店内のジャズBGMを無残にかき消している。そういうリミックス音源ですと説得されたら、斬新に聴こえるかもしれない。

席のほとんどは、じいさんとばあさんで埋まっていた。じいさんの方がちょっと多かった。

これも東京で経験したカフェ・ド・クリエとの違いだが「一緒に買い物してたけど、ちょっと疲れたからお茶でもしましょう」という使い方をしている客は少なかった。

じいさんがあとからじいさんを呼び寄せ、ばあさんがあとからばあさんに合流している。

「カフェ・ド・クリエに行ったら、だれかしらおるわ」という絶対的な安心感のもと、寄り合い所的な役割を果たしていた。

一応、感染予防策はとってるようで、対面の席には座らず、横一列にみんな座っていたのだが。

「今日はなんや！　さむいがな！」

「あー、そやな！」

「石塚さんとこのせがれ、あれ、店継いでんぞ！」

などと、耳が遠いじいさん同士が爆音で叫ぶかのようにしゃべりまくっていた。聞きとうないのに、有無を言わさずパブリックビューイングさせる音量だ。

飛沫《ひまつ》、飛んどる、飛んどる。

だけどわたしは、そのじいさんたちを責めることはどうしてもできなかった、歳をとると、きっと、脳のＣＰＵが極端にダウングレードするのだ。

たとえば、昨日も。

わたしはデイサービスから帰ってきたばあちゃんのために、夕飯を用意した。沖縄そばだ。

麺《めん》とソーキをゆでて、少量の油をまぜ、麺同士がくっつかないようにして器に盛り、すぐ脇のIHコンロにスープを入れた小さな鍋を置いておいた。ばあちゃんは、お湯だけはわかせるのだ。

A3サイズの紙に極太油性ペンででっかく、

「スープをあっためて、麺にかけて食べてね。沖縄そばです」

と書き置きをし、打ち合わせのために家を出た。

1時間後、デイサービスから帰ってきたばあちゃんの様子を見に来てくれたヘルパーさんから、LINE《ライン》に連絡があった。

「沖縄そばって、なんのことですか?」と。

奈美 あれ?
奈美 コンロに、スープの入った小さい鍋、ありません?
奈美 出る直前に用意したんですけど

奈美　まさか捨てた……？
ヘルパーさん　いまわかりました。スープやとわからんかったから、ほかしたそうです
奈美　ええええーっ！

ばあちゃん、メモを読まずに、スープ捨ててた。ショックでフラフラと足がもつれそうになった。かつおだしから丁寧にとった、わたしのスープが。あんなにでっかく書き置きしたのに。ホワイトボードにも書いて、電話で伝えたのに。

ああ。ばあちゃん。

ばあちゃんは、脳のCPUがダウングレードしているので、いろんなものを見つけたり、判断したりするのが、てんで苦手になっている。めっちゃ大雑把《おおざっぱ》でめんどくさがりというわけだ。

メモの存在に気づいても、それを読もうとしない。あるいは、そこになにかが書かれていると思い至らない。見えづらい目で読むのもめんどくさい。

なにもかもめんどくさいのかなと思いきや、テレビに映るミヤネ屋やNHKのど自

慢は手を叩きながら愉快そうに見ているし、ポストに突っ込まれてるよくわからんタウン誌も読んでいる。

見たいものだけ視界に入れ、知りたいものだけ読んでいる。それ以外のめんどくさいものは、シャットダウン。もしくは、ポカンと忘れ去る。

ばあちゃんに抗議するため電話したら、スープを捨てたことも忘れて、「奈美ちゃんのごはんは美味《おい》しいなあ」と言っていた。なにも言い返せず、切る。ばあちゃんの優しさをうまく受け取れなくて、悲しかった。

これを無意識にやっている。人間が老いてもできるだけ長く生きていくための、ストレスフリーな人生術なのかもしれない。本人のことだけを考えれば、よくできている仕組みだ。

だから、大声パブリックビューイングじいさんも、悪気はない。「前の席に座らないでください」というポスターの注意書きだけは忠実に守っている。えらい。ただ、それがなぜ指定されているのかまでを考える前に、脳がシャットダウンしてる。生きるために。

いや、まあ、大声でしゃべったら、あかんのよ。あかんけどもな。

場所を変えて別の階のレストランに行ったら、ドリンクバーで、じいさんが氷をつまんでいた。素手で。

なんなんだ。なんで今日はこんなに奇行じいさんとエンカウントばっかするんだ。もしくはこの街は、奇行じいさんばかりなのか。

だけど悪意があって、わざわざ氷を素手でつかむやつはいない。このじいさんもたぶん、トングが目に入らないだけなのだ。そして、自分のことだけしか、考えられないように脳が省エネ運転してるだけなのだ。

ふつうなら止めるか、店員さんに言いつけるべきなんだろうけど、脳裏にばあちゃんがちらついてしまった。

わたしが情けなくも躊躇《ちゅうちょ》するその間に、

「ちょっと。さっきの人が、手で氷触ってたんですけど！」

と、強めのおばさんが、強めの剣幕で店員さんに苦言を呈していた。間違ってない、彼女はなにも間違ってない。おばさんはドリンクバーを使うすべての客を救ったのだ。

じいさんは、聞こえてないのか、聞こえてないフリをしているのか、さかさかと席へ戻っていった。手にしていたのはダイエットペプシだった。健康の優先度がグッチャグチャになっとる。

いろんな気持ちを抱えながら、病院へ梅吉を迎えに行った。

麻酔が切れたばかりだというのに、梅吉はピンピンしていた。母は麻酔が切れたら、2日間はゲエゲエしていたというのに。

先生が、カルテ片手に説明をしてくれた。

「検査は問題ありませんでした。麻酔の余韻も、まあ、本人がこれだけ元気なので問題ないでしょう」

「本人……？」

「あと、本人は欲しがるかもしれませんが、ごはんは夜9時まであげないように」

スルーされたけど、本人……？

なんて言うのが正解なんだろう。

本……犬……？

途端にバカボンの銃を乱射するおまわりさんのイメージが浮かんできた。それは本官。

梅吉は元気にはしゃいで帰ってきた。ばあちゃんに「メグおかえり！」「チビどこ行ってたん！」とぜんぜん違う呼ばれ方をしてるけど、動じない。

帰り道、すれ違う犬と人すべてに、梅吉は吠えて、突撃しまくっていた。

ワンワンワン！

もちろん梅吉の体が届くはずはない。リードがピンッと張って、前足が宙に浮いても、いななく馬のごとく空気を蹴りまくろうとする。ほんとに落ち着け。

威嚇してるわけではなく、単に、気を引きたいだけなのだ。

一度、リードを取り落としてしまって、散歩中のマルチーズに梅吉が吠えながら突撃してしまい、「あっ、噛《か》んじゃうかも！」と青ざめて追いかけたが、近づいて、そっと体をすり寄せるだけだった。

人に対しても、そうだ。なでて、なでて、と近寄るだけで、相手がなでてくれたら吠えるのをやめる。梅吉が生き物を噛んだことはない。ばあちゃんの尻だけ噛んだことがあるが、あれはばあちゃんがクイックルワイパーで執拗《しつよう》に追いまわすからだ。

友だちが欲しいだけなんだろうな。気づかれたい。注目されたい。好意を伝えたい。

そういう好意な気がしている。

でも、万が一のこともあるし、なにより相手がこわがってしまうから、吠えるのも、突撃するのも、よくない。

あれこれしつけやグッズで手を打ってみてもまるで響かないので、一度プロのしつけ教室にお願いしようと問い合わせしたが、梅吉と年齢と性格をじっくり見てもらったところ、たぶん6年くらいかかると思うから教室代がもったいないよという親切な見立てだった。

いまは吠える梅吉をサッと抱き上げ、「ごめんなさい、ごめんなさい。噛みませんから」と超速で謝りながら、犬や人の脇をわたしが駆け抜けて、距離をとるようにしている。

これは飼い主としては、正しいムーブだし、責任だし、続けるつもりだけど。

「梅吉は、『おーい！　遊ぼう！』って声をかけてるだけなのに、ごめんなさいって言われる存在になっちゃってるんだな」

「友だちが欲しくて自分なりに精一杯声に出してるのに、吠えれば吠えるほど友だちは成人式で羽目を外しすぎる知人を見るみたいにドン引いていくし、それに気づいてなくてずっと友だちができないのは、つらいことだな」

「吠えることは自然界ではふつうのことなのに、人間にとって都合が悪いからって、邪魔ものになっちゃうんだな」

本人の思いとは裏腹に吠えてしまうこの世のすべての犬と飼い主に感情移入し、泣きそうになってきた。

犬と人間を重ね合わせるのはどうかと思うけど、弟を育てていた母も、こんなどうしようもない寂《さび》しさを感じていたのかもしれない。

幼いころの弟は、言葉もよくわからないし、よくパニックになって叫んだり、駆け出したりした。そのたびに同級生はびっくりして、得体の知れない弟のことをこわがった。

家族やママ友同士でレストランに行っても、いつも母は、弟と一緒に店の外で過ごしていた。店にいると、年相応にじっとしてられない弟が迷惑になってしまうからだ。

だけど弟は、言葉にならない感情を、そのもどかしさやうれしさを、体いっぱいで伝えるしか方法を知らなかっただけで。人をこわがらせようとか、ルールを無視しようとか、そんな意図はなくて。

そんな弟のために、しかたないとはいえまわりに「ごめんなさい」「大丈夫、こわくないよ」と説明をしまくっていた母は、どこか、寂しかったんじゃないか。ひとりぼっちなことがじゃない。弟を悪者にしてしまうことが。

梅吉を抱きかかえて、家までの道を歩いた。

弟は、24年かけて、ゆっくり、ゆっくり、できるようになった。彼なりに失敗も挫折もあったけど、幸せそうに生きている。

梅吉もそうだと信じたい。その日まで、大切に、大切に、見守っていく。わんわんわん。

ユーモアでチャーミングな本は、いらねが

2021/03/24 20:58

昨日は満を持して『マイノリティデザイン』という本を世にジャジャジャジャジャーンした、澤田《さわだ》智洋《ともひろ》さんと対談だった。

大手の広告会社でバリバリのコピーライターとして働いていた澤田さんの人生は、目が見えない息子さんが生まれた瞬間、一転した。

最初は、暗く悪い方向に。でもそれは一瞬だけで、すぐに明るくおもしろい方向に。

「すべての弱さは、社会の伸びしろ」っていう、かっけえ澤田さんがつくり出すプロジェクトは、ぜんぶ本当におもしろい。

ハンぎょボールとか、最高なのよ。

「ハンぎょボールは、ハンドボールとブリの街、氷見《ひみ》で生まれたゆるスポーツ。得点をすると脇に抱えたブリが出世していきます。ゴールを決めたらみんなで『出世ー

ッ！』とコール。でもあまり熱くなりすぎて、大事なブリを落とすと冷蔵庫送り。チームメンバーみんなが、ブリが出世するように協力してプレーしましょう」

なんなん？

心のなかで藤井風《ふじいかぜ》が叫ぶけども。これはぜんぶ、体質や障害でスポーツが苦手な人たちでも楽しめるようにつくられた、ゆるスポーツ。

逆に、ハンドボールが上手で運動神経がいい人ほど、小脇に抱えるブリがでっかくなっていって、不利になるっていう。

天才か？

まごうことなき天才かつ世をよくする龍馬イズムの持ち主。ただ自分のことばっか書いてるわたしとは一線を画しているので、なんで対談に呼ばれたんかわからんかった。

リハーサルで澤田さんに聞いてみると、

「なーんで、わたしを呼んでくださったんですかね」

「ぼくね、弱さを追い風に変えるには、ユーモアとチャーミングがいると思うんですよ」

「かっけえ」

「で、それをやってるのが岸田さんだと」

「ユーモアと……チャーミング……」

ユーモアとチャーミング？

……どうもこんにちは、ユーモアとチャーミングのある女です。

ものすんごくうれしかったので、これから積極的に自己紹介していこうと思う。話は聞かせてもらった、そういうことなら出演させてもらいましょう。

リハーサルの段階で、部屋の扉に張り紙したにもかかわらず、ばあちゃんが3回乱入したけど。これを「おばあチャンス」と呼んだけど。（1回目「あんたなにしとんねん！」、2回目「これ卵炒《いた》めたから食べ！」、3回目「なんで食べてへんねん！」）

ばあちゃんを世間から隠すために、急遽《きゅうきょ》バーチャル背景に幡野《はたの》広志《ひろし》さんに撮ってもらった写真を使ったら、肩に背景のミニ奈美がずっと乗ってるビジュアルになったけど。

とても、楽しかったです。参加してくれた人、質問してくれた人、みんなありがとうね。

『マイノリティデザイン』は、苦手とか、できないことがあって、自信をゴリゴリ失ってる人の心をゆるくほぐしていく言葉でできてる本だ。

そのなかでわたしが一番好きな、「迷惑について」の説明を紹介したい。

迷惑とは、あるいは弱さとは、周りにいる人の本気や強さを引き出す、大切なもの。

だからこそ、お互い迷惑をかけあって、それでも「ありがとう」と言い合える関係をつくれたなら、これ以上の幸せはありません。すべての弱さは、社会の伸びしろ。

僕は、これからも大切な人から迷惑をかけられたい。代わりに僕も、「息子が暮らしやすい社会を、一緒につくってくれない？」とだれかに迷惑をかけるかもしれない。

わたしね、ずっと、特に解決策が欲しいわけじゃなくて、聞いてほしいだけの弱音や愚痴《ぐち》を吐くことって、迷惑だと思ってた。

でも聞いてくれる人がいないと、「理不尽」は「祈り」や「笑い話」に変わってくれない。迷惑だと思いつつ、もうあかんわ日記を書いてる。

すぐ近くの知人や友人に吐かないのは、迷惑をかけたくないから。読みたい人だけ、読んでくれるから、それいいじゃんって。

そういう話をしていたら、イベントのあと、『マイノリティデザイン』をつくったライツ社の大塚さんから連絡をもらった。

せっかくお近くの明石に会社があるので、なにかお手伝いできることがあればいつでもご連絡ください。「もうあかんわ日記」も、あれが祈りだと思うとますます愛しくなりました。更新楽しみにしています。

このあとちょっとお話ししましょうということになり。

そしたら、

「大変すぎる状況なので失礼かもしれないんですが」

「存在自体が礼を欠いてる人間なので、なんでもどうぞ」

「この日記、本にしませんか」

「えええ」

本になるほど、人気のある日記。

思い浮かんだのは、土佐日記。蜻蛉《かげろう》日記。いやいやいや。文学的価値が違いすぎる。あれ1000年くらい残っとるぞ。これ残るんか。残らんやろ。西暦3000年の人が「スリの銀次」ってわかるんか。そのころまだ、桃太郎電鉄あんの。いやあるとしても、たぶん現金持ち歩いてないから、スリの銀次は廃業やろ。

「いやいや、これほんと、ただの日記なんで。構成とかぜんぜん考えてないし、どうかと思う愚痴ばっかだし」

「それでも、読んだだれかが救われる日記なんです。というか僕が本で読みたい。手元に置いておきたい」

ええ人かて。

そういう話はまったく考えていなかったので、その場はとりあえずお開きにして、考えさせてもらうことにした。

この日記は、つらいことや苦しいことがいっぱい詰まっているので、ネットの海だけにさらしておいて、忘れ去られて化石になるのを待つという手もあった。

それでも本にするとしたら、わたしのためではなく、だれかのためだ。すなわちいつも応援してくれる人や、これをいま読んでくれている人のためだ。

そういう人たちがいるから、毎日、毎日、息をするように書いていられた。

「聞いてアロエリーナ、ちょっと言いにくいんだけど」

っていうCMがあった。覚えているだろうか。

ちょっと前だとは思ってたけど、いま調べたらなんと20年前らしくて、そっと気絶したくなったよアロエリーナ。

当時は、「なんでアロエにしゃべるねん、友だちおらんのか」と失われた想像力で荒《すさ》みまくっていたのだけど、いまになると、めっちゃわかる。

アロエが欲しい。

愚痴を聞いてくれるアロエが。

でもわたしの浅ましい自我はアロエには受け止められず、アロエも「ちょっとこっちではどうにもなりませんわ」としおれてしまいそうなので、日記を書いて、知らない人に聞いてもらった。

読者のみなさんは、アロエリーナだ。いつかわたしが有名になったら、「自分、岸田さんのアロエリーナなんスわ」と言ってください。それがなんの価値になるかは、わからないけど。ひと笑いくらいは起こせるよう有名になるよ。

愚痴を聞かすって、なんか悪いことさせてる気分になるから、アロエリーナするって言えたらいいね。みんな、だれかのアロエリーナなんだよ。アロエリーナして、アロエリーナされてる。それが生きるってこと。いまてきとうに考えた。

わたしの弱さが、だれかの強さを引き出せるか。

自分の頭のなかに、先人の言葉や知恵があればあるほど、絶望に陥りにくい気がする。どこにも答えも経験もないことに、目の前は真っ暗になりがちだから。

わたしの日記も、そういう助けになる日がくるのかな。どうだろう。

もし近い未来でこれを本として手に取っている人がいるならば、それは、優しきアロエリーナたちが望んでくれたからということで。

もしもピアノが消えたなら

2021/03/25 21:00

ほこりだらけのピアノを業者に引き取ってもらった。

母が小学生だったころ、じいちゃんとばあちゃんが買ったアップライトピアノ。わたしが生まれたら、神戸のマンションにも一緒にやって来た。

「向かいの棟でピアノ教えてる先生がいるから」というものすごくお手軽な理由で、幼稚園児のわたしもお稽古へ通うことになった。

ぼけっとした大雑把《おおざっぱ》で横柄な女の子であるわたしが、ひとたびピアノの前に座ると、それまでにこやかだった先生の表情が、一変した。はじめて鍵盤《けんばん》に触れるわたしは、楽譜も音符も読めないので、てきとうに白鍵《はっけん》と黒鍵《こっけん》をなでたつもりだった。

ラレミファミーレレー♪

「奈美ちゃん、それ、もう1回弾いてみて」

ラレミファミーレレー♪

「続けて」

ラレミファミーレ　ミーファーファー♪

ああ、と先生が小さく息をもらした。

「菊次郎の……夏……」

ひとすじの涙を流しながら、目を閉じて上を向く先生の視界には、深く青い空が広がり、セミの泣き声にうだるような夏の景色とたたずむ菊次郎が広がっていた。

わたしが偶然にも奏でてしまったメロディは、久石譲《ひさいしじょう》の「Summer《サマー》」だった。

神戸市北区のマンションから、ピアノの神童伝説が始まる瞬間であった。

なんてことは、あるはずもなく。　一から十までウソです。

ちなみにわたしの下の階に住んでたあっちゃんという同い年の女の子は、まぎれもなく神童で、国内のコンクールのみならずドイツに渡ってトロフィーを持ち帰り、東京音楽大学にストレートで合格した。

マンションなのでそれぞれ練習するピアノの音が聞こえてくるのだが、あっちゃんには音漏れを聞きに来る掃除のおばさんもいた一方、外れた音を奏でまくるわたしが練習する部屋の前にはいつもカラスがとまっていたし、休日は泥のように眠りたい父にいたってはスッと耳栓をした。

わたしが大雑把で横柄な女の子というのは、本当だ。

ろくに練習もせず、宿題として出されたバイエルもバーナムもすぐ飽きてしまい、右手で「ラーメン屋のチャルメラ」と「クラッシュ・バンディクーが仮面をつけたときの効果音」を奏でることに血眼になっていた。

最初は優しく、穏やかだった先生が、急にバンッとピアノの上に突っ伏して、「わたしが悪いの、わたしが、ああ、ごめんなさい」と、泣いたことを覚えている。

小学校低学年にとって、大人の涙は世界がひっくり返るくらい衝撃的だ。

とまどって、先生を励ましたくて、ポロン……と端っこの鍵盤を押し込んだ。

ポロン、ポロン……。

この曲を「業《カルマ》」と名づけ、自分への戒《いまし》めとして後世に弾き継いでいけばもう少しマシな大人になったかもしれないのだが、いかんせん音楽の才能が毛ほどもなかったのでただの不協和音だった。

話を戻そう。

それをきっかけに、うちのピアノはだれも弾くことがなくなった。一応すべての音が鳴るものの、10年以上、調律もしていない。重いフタを閉じたまま、ほこりをかぶった棚と化しており、いまは祖母のシミーズがたくさん並べられている。

問題は、場所。

うちの実家は、3LDKだ。洋室がふたつと、和室がひとつ。一番狭《せま》い、5畳の洋室にピアノが置いてある。もともとここは父の部屋だった。

言っちゃなんだけど、邪魔なのだ。

26年も住んでりゃ、それなりに思い出の品々や捨てられないものも増えていく。生きるとはそういうこと。その品々を5畳の洋室に詰め込み、余ったスペースにばあちゃん用のシングルベッドを置いてあるのだが、そうすると人が座る場所もない。

ピアノがあると車いすが入れないので、母も困っている。ずっと「まあいつかどうにかしよう」と見て見ぬフリをしてきたのだが、母が入院しているいま、ゴタゴタに乗じて面倒ごとは一気に片づけようと決めた。

母と祖母にそれぞれ、

「ピアノ、だれも弾かへんから、処分しようと思うねんけど」

と言うと、ふたりとも、

「それがいいわ！　部屋広くなるし、棚も置けるやん」

賛成してくれた。

さっそく、有名なピアノ買取会社3件ほどに電話をかけ、ピアノの品番や年式を送り、査定してもらった。

査定の結果、値段がつかなかった。それどころか、売れる見込みがないので、引き取るのに配送料や手数料で2万円かかるという。

これはしかたがない。ヤマハやカワイといった大手メーカーのピアノではなく、しかもかなり古くて、メンテナンスもしづらい。同じ型を中古販売サイトで調べてみたけど、在庫処分のごとく破格で投げ売られていた。

「ここならもしかしたら、無料で引き取ってもらえるかも」

親切なオペレーターさんから教えてもらったのは、ピアノを無料で引き取り、児童施設や途上国に格安で卸している団体だった。

たずねてみると、無料で引き取ってくれることになった。これは大きいぞ。

見積書にサインをする前に、母にもう一度電話をかけた。

「ピアノ、ほんまに売ってしまってええん?」

「もちろんや。わたしはもう弾かれへんし、母娘2代で使えて、ピアノも浮かばれてるわ」

「わかった」

ピアノは、その日のうちにドナドナされていった。

大変だったのは、翌日から。

「ピアノが消えた!」

ばあちゃんのえらい剣幕で、目が覚めた。

「だれかが持ってったんや、えらいこっちゃ!」

こんな民家にピアノ泥棒が来てたまるか。

「昨日、業者に引き取ってもらったで」

「はあ? なんでそんな勝手なことしてん!」

あかん、忘れとる。また記憶がリセットされとる。

「勝手なことちゃうわ。ちゃんと2回も言うて、喜んでたやん。広くなるわって」

「そんなこと言うてへん」

「言うたって」

「ああ、もう、あんた、どないすんの！」

「どないするもなにも、いまごろどこか遠い空の下やわ」

「もったいない！　あれはおじいちゃんと何十万円も出して、買ったピアノやねんで。なんでそれをあんたが、勝手に」

　ばあちゃんはバチギレしていた。

　うう、そういう、いい話をもってこられるとこっちもちょっとつらい。そのときは会議だからと、てきとうにばあちゃんを撒《ま》いて逃げた。夕飯のときにはピアノのこともすっかり忘れていたので、勝ったと思ったのだが。

　翌朝。

「ピアノが消えた！」

　もしかしてわたしたち、ループしてる？

　昨日も叩き起こされてフラフラのわたしに、ばあちゃんの悲嘆と怒号が飛んでくる。

だからピアノはないねんってば。

母に助けを求め、電話をかけてスピーカーフォンにし、ばあちゃんに語りかけてもらうことにした。

「わたしが車いすで部屋に入れへんから、売ってほしいって奈美ちゃんに頼んでん。無料で引き取ってもらえて、必要な人のとこに行くから、そっちの方がええよ」

母が力説すると、ばあちゃんは「そうかあ」とあっさり引き下がった。

これにて一件落着。

に思えたのだけど、これはループものなので、今日の朝もばあちゃんの「ピアノがない！」から始まったのだった。わたしはまた、母に電話をかける。

しばらくはこれを目覚まし時計として活用していこうと思う。

ばあちゃんはなんでも捨てるし、なんでも置いとく。

捨ててほしいものは置いとくし、置いといてほしいものは捨てる。この違いはなんなんだろう。いつも頭をひねる。

今日は、壊れた扇風機《せんぷうき》だった。うちには扇風機が2台ある。壊れているのと、壊れていないの。

　壊れているのを捨てようとすると、ばあちゃんがやって来て、

「もったいない。まだ動くやないの！」と止めた。

「いや、動かんって」

「動くわ」

「ほな、見てみいや」

　わたしはうんざりしながら、扇風機のプラグをコンセントにつないだ。扇風機は、めちゃくちゃ遅く、いまにもとれそうな羽根をぐる、ぐる、ぷすん、と満身創痍《まんしんそうい》でまわしはじめた。

　扇風機なのに、風がこない。

　わずかに羽根が動くたび、ほんの少しだけ、そよ風が起こる。

　でも、ジュディ・オングが歌ってるときにパタパタするあれより風速がない。

　しばらく無言が続いたあと、ばあちゃんは、

「こんなんいらんわ」

と、去っていった。わたしもそう思う。

鳩《はと》との死闘

2021/03/26 20:30

朝8時、弟をバス停に送っていくついでに、梅吉の散歩をしようと玄関を出た。

バサササーッ！

ものすごい羽音がして、灰色のでっかいなにかが視界を左から右に横切っていった。

腰を抜かすかと思った。

鳩《はと》だ。

まただ。またあいつらが来やがった。

鳩が飛んできた左の方を見る。ベランダだ。3か月前に必死こいて設置したネットに、わずかな隙間《すきま》ができている。ここから鳩が飛び出てきた。

その日、岸田家は思い出した。

ヤツらに支配されていた恐怖を。

1万8000円もかけて自作した鳩よけネットをからめとられ、破られた屈辱《くつじょく》を。はじまりは突然だった。

2年ほど前、ヤツらは侵略を始めた。マンションの中層階にあるうちの実家には、母の部屋と、物置と化してる父の部屋があって、どちらもベランダつきだ。東京で暮らしてるわたしに、母から電話があった。明け方だった。

「なんか、ベランダで、ホッホゥ、ホッホゥって聞こえてくるんやけど」

「鳩やん」

まごうことなき鳩であった。

まあ25年近く住んでて今日はじめて来たんやから、そのうち出ていくやろ。そう思っていたのが甘かった。1羽が2羽、2羽が3羽、と鳩たちはまるでデニーズでたむろするかのごとく、集まりはじめた。ドリンクバーも頼まず長居するな。

つがいの鳩がうるせえなと思っていると、エアコンの室外機の上に卵をうみつけ、子育てを始めたときにようやくわたしたちは、「アッ、住んどる！　こいつら、ここに入居しとる！」と驚愕《きょうがく》した。ベランダはデニーズ、ラブホテル、中古マンション、と順調な変遷《へんせん》を遂げていた。

これがツバメだったなら「巣づくりを歓迎する」と答える人が、なんと65%にものぼるらしい。

ツバメは縁起がいいとされるし、ヒナはかわいいし、なにより巣立ってくれる。

だが、鳩は違う。

まずあいつらはオールシーズン、発情している。年に5回も卵をうみ、増え続けて最後まで巣立たない。ひどい。

なによりくさい。フンの量が尋常じゃない。1週間でベランダの床が石灰色でベチャベチャになった。やめて。

最初は母と弟が、窓を勢いよく開けたり、手を叩いたりして追い払っていた。しかし数分もすれば、また戻ってくる。

鳩は伝書鳩に使われるくらい帰巣本能が異常に強いので、追い払ってもしつこく住み着こうとする。

前職で仲良くしていた得意先のおじさんがいつもどんだけフラッフラに泥酔《でいすい》して意識朦朧《しきもうろう》としても、気がついたら毎朝家の布団にいると言っていた。「いやあ、家内《い》が、今日こそ帰ってこないでよかったのにっていつも冗談言うんだよ」とおじさんは頭をかいて笑っていたが、たぶん冗談じゃないと思うが。

最初に壊れたのは、母だった。

部屋でわたしとしゃべっていても、突然、ものすごい勢いでくるっと振り返る。

「なに？」

「鳩が来てる」

「えっ」

耳をすませるとたしかに、「ホッホゥ」と聞こえた。母は窓をガンッ、ガンッと殴《なぐ》りはじめた。騒がしい羽音がした。

「せっかく床きれいにしたのに、またフン落とされたらかなわんわ」

母の鳩の察知能力が、異常に上がっていた。

「えーっ、すごいな！　鳴き声なんてぜんぜん聞こえんかったわ」

そのときは笑い話だったのだが、だんだんと様子がおかしくなり。

ある日もくるっと振り返り、窓をシャッと開けるが、鳩はいなかった。それを何度か繰り返す。ついに、リビングのテレビから聞こえてくるＣＭの鳥の鳴き声にも過敏に反応しはじめた。

「最近、寝てても起きても、鳩の鳴き声が聞こえるねん」

これはあかん。

「最近は窓開けても手を叩いても逃げへんくなったから、これで脅してるんやけど」

枕元に、百均で売ってるおもちゃの小さな水鉄砲が常備されていた。母は鬼の形相をしていた。ゴルゴかな。

「ちょっと待って。そんなことせんでも、鳩よけとか置いたらええんちゃうの」

「とっくの昔に置いとるわ!」

母がベランダを指さす。

プラスチックでできた、どす黒く巨大なカラスが鎮座していた。

ヒイッと変な声が出た。

弟の技術力に依存しているため、手すりに直接ガムテープで磔《はりつけ》にされていた。

おもちゃのカラスを磔にしたくらいではなんの意味もなく、CDをぶら下げたそうだったが、これも無残に敗北した。CDを裏返してみると、高校生のころわたしが必死にCDに焼いてつくったコブクロのオリジナル・ベスト盤だった。なにもない場所だけれど、ここにしか住まない鳩がいる……。

幻聴に惑《まど》わされ、ベランダにカラスを磔にするようになったら、身内を止める合図だと思う。みんなも覚えておいてほしい。

これはもうマンションの管理事務所案件ちゃうの、と思って電話をした。

「あー、いや、それはこっちではできないんです。各ご家庭で対策をしてください」

打ち捨てられてしまった。

ほなやったろやないか！　目にもの見せてくれるわ！

退路を失えば失うほど、燃えあがるのがわたしである。父から受け継いだ誇り高き才能だ。

ベランダの形状が特殊で、ネットをそのまま吊《つ》り下げることができなかったので、突っ張り棒とスッポンフックを用意し、鳩よけネットを自作した。

母はたいそう喜び、久しぶりに鬼の顔から優しい聖母の顔に戻って、「これでゆっくり眠れるわ」と言った。ちょっと死にそうな響きでもある。

鳩は、何度か近くに飛んできていたが、ベランダに入れないとわかったら、パタリと来なくなった。

その代わり、上の階と、下の階の人のベランダに引っ越した。臨機応変。

ばあちゃんの長屋に住んでたころ、ゴキブリが何度も出たのでバルサンをたいたら、隣の家に移動し、隣の家の人もバルサンをたいたらまたその隣の家に移動し、最終的に1周まわってうちへ戻ってきてズッコケた記憶がよみがえる。

それの縦バージョンが起きていた。罪悪感がある。

「ウワッ！」「あっち行け！」といろいろ住人の声が聞こえてきたがやがて、上の階にも下の階にも、鳩よけネットがつくられていた。ほっ。

自作のネットは、それぞれ味が出るのでおもしろい。

等間隔で結束バンドがつけられていると几帳面だなと思うし、目の細かいネットが厳重に巻かれていると慎重だなと思う。人間は多様だ。

のん気にそんなことを思って、3か月を過ごしていた。

そしたら、今日。

ベランダにまたもや鳩がいた。

ネットを破って、舞い戻ったのだ。不死鳥かお前らは。

悔しさに涙をにじませながら、Amazon《アマゾン》で追加のネットを購入した。「鳩ネット

強力　破れない」という検索履歴が切ない。

明日届くのだが、ネットを張るのは、しばらくあとになる。

グループホームから弟が帰ってきているからだ。弟がいると、たくさんごはんをつくれるので楽しい。

弟に「なに食べたい？」と聞くと、ワクワクして「お肉！」と言うので、豚肉を使って生姜焼《しょうがや》きをこしらえることにした。

生姜と醬油《しょうゆ》とみりんで下味をつけ終わったのが18時半だったので、ちょっと自室でメールを返して、19時に焼いて食べようと言った。弟もゲームをして待っていた。

18時55分くらいになって、そろそろ焼こうかなと思い、キッチンへ行ったら。

ばあちゃんが、生姜焼きの肉を麺《めん》と一緒に鍋へぶち込んで煮ていた。

なんで？

っていうかこの麺、なに？

ゴミ箱を見ていると、カップラーメンのラ王が放り込まれていた。ガワだけ。

ラ王から麺とかやくとスープを取り出し、鍋で肉と一緒に煮たのだ。焼くならまだしも、煮るなんて。

味見したら異常に酸っぱかった。たぶん、酢も入れてる。

「ちょっ、な、なんでこんなことするん」

とわたしが言うと、ばあちゃんは、

「はあ？　知らんわ！　あんたが夜ごはんつくらんから、わたしがつくったんや！」

「知っとるやん。つくっとるやん」

「うるさいなあ、黙って食べなさい」

忘れてるだけならあきらめられたけど、せっかく用意した料理がパアになったうえに、黙れと言われてカチンときて、叫んでしまった。

「そんなん食べられるわけないやろ。ばあちゃんがつくってんから、ばあちゃんが責任もって食べてや」

ばあちゃんはブッブッと「バチがあたる」「うるさいわ」と文句をこぼしながら、ラーメンと肉がグッグツしたなにかを器に盛り、ダイニングテーブルへ持っていった。

もうダメだ、見ないようにしよう、とわたしは残った肉で生姜焼きをつくり直しはじめた。

ばあちゃんはラーメンを一口も食べず「まずい」と言って、弟に「これ食べなさい」とキレ気味に押しつけた。

弟はいやがって断ったら、ばあちゃんが「そんなこと言うやつは、もう一生食わんでいい」と爆発して、ラーメンを流しに捨てた。

弟がびっくりして、そのあとすぐ、風呂場の方へ走っていった。戻ってきたら、洗面器を抱えて、オエオエと吐きはじめた。なにも食べていないので、えずくだけで、胃液しか出なかったけど。

どうした、どうした。

「しんどい、ごはん、しんどい」

弟は言った。

もうなんか、それだけでぜんぶわかっちゃって、つらくてつらくて、わたしは泣きながら弟の背中をさすった。

そもそも弟は、怒る人が苦手なのだ。大きな声を聞くと、体がピシーンッと石みたいに固まる。そして、食べることが大好きだ。食べ物を愛している。絶対に残さない。ラーメンもお肉も、弟の好物。久しぶりに家に帰ってきて、楽しみに待ってくれていたのだ。

それをばあちゃんがダメにしちゃっただけでもショックだったのに、目の前で捨てられて、自分のせいだと言われたので、混乱したのだ。

食べたくないけど、自分が食べなかったせいで、ごはんが無駄になった。言葉にできない罪悪感で、なんか知らんけど、めっちゃ吐いてる。弟なりの抗議であり、食べ物への謝罪だった。

丸くなってふるえる背中を、さする。

つらかった。

もうあかん。

ほんまに早く離さなあかん。だれも幸せになれん。

そう思った。

本当ならそろそろばあちゃんの介護認定が下りて施設を探しはじめているころなんだけど、病院の先生がぜんぜん意見書を返してくれなくて、あと半月延びます、という通知が役所からあった。

そういえば診察行ったとき、机の上、ハンコ待ちの書類で山盛りになってたもんな。

ケアマネさんにどうしたらいいか聞くと、

「こちらも催促してるんですが、どうにも……」

先生もしんどいんだろうけど、わたしらもしんどいよ。

虚無《きょむ》のベルトコンベア陶芸教室

2021/03/27 21:29

しばらくぶりに、家から離れて、ひっそりと好きなことをした。

思いたって京都の山の方へ行って、ろくろをまわしてお茶碗《ちゃわん》をつくったり。自由にレコードを選んでかけていいブースで、矢野顕子さんの「ごはんができたよ」をしっとり聴いたり。

とりあえず救われようと国宝の千手観音坐像《せんじゅかんのんざぞう》をじっと見てきたり。想像の30倍くらい肉体がチルッてスリープモードに入ってしまったので、ぽうっとした頭で、とりあえず考えついたことを支離滅裂に短く書いておく。

旅を終えて家に帰ってきたら、なぜか新品のスリッパ5組がすべて神隠しにあっていたけど。チルッているのでダメージは少ない。

できるだけしっとりした土に触れたいと衝動に駆られたのが急だったので、お茶碗をつくる工房は、観光客向けの体験プログラムがあるところを選んだ。

そんなに大きくなさそうな店のたたずまいだったのに、予約できる時間帯には「残り20枠」と書いてあって、20人も一斉に体験できるの？　いやそんなまさか……と思っていたら、本当に20人くらい一斉に受け付けしてた。

ソーシャルディスタンスなので、密にはなれない。どうするか。回転寿司のごとくものすごい流れ作業で、パッパと客がさばかれるのだった。

「はい、最初の3人はこっちでエプロンつけて」

「なにつくるか決めたら、横にずれて紙に書いて」

「その奥に色見本があるから、5色から選んで」

「選べました？　じゃあ、ろくろの前に座って」

「ほとんど僕がつくるんで、ここに手を添えて、軽く伸ばしてってください」

「はい、じゃ、あっちで郵送の紙書いて、お金払って」

一事が万事、こんな具合である。すべての工程で、担当者が変わるので、ほんとにわれわれはただ言われたことをやり、スムーズに隣へずれていくまで。

まあそんなもんだよね、観光客向けの陶芸体験だし。

これはどういう土なのか、なんで水を足《た》すのか、いったいなんのためにこの作業をしてるのか、あまりよくわからないまま進んでいった。虚無《きょむ》のベルトコンベア陶芸。

聞いてはいけない雰囲気をばしばし感じつつ、さみしかったので、「これってどこの土なんですかね？」と聞くと、エプロン装着担当のお姉さんがめちゃくちゃ早口な棒読みかつ死んだ目で教えてくれたが、なにも頭に入ってこなかった。虚無。

しかし陶芸は自分との対話なので、虚無くらいがちょうどいいのかもしれん。

集中できたし、少し力を入れると自由自在に変わる土の手触り、コントロールし切れない不安定さが、心地よかった。

「さっき三十三間堂で観音様を見てきたんですよ」

ろくろをまわしながら、ろくろ監視担当のお兄さんに話しかけた。

「そうですか」

「お兄さんも行ったことあります？」

「ないっすね」

そっか、京都の人も国宝見に行かないんだ、そうなんだ、なんだなんだ、難陀竜王《なんだりゅうおう》像《ぞう》！

ものすごくどうでもいいギャグを思いついたので、三十三間堂に行ったときからだれかに披露しようと胸の内で温めてたけど、これは無理だなと思い、それからわたしは電池を抜かれたファービーのように押し黙って、お茶碗をつくりあげた。

入り口には、もう次の時間帯の予約者20名が列をなして待機していた。

「めっちゃたくさんの人に教えるんですね。大変ですか？」

会計をしながら、お兄さんに聞いてみた。

「そうですね。空き時間に陶芸家として作品つくって、あとはずっと教えてるので。だけど陶芸のすばらしさをお伝えできるのは光栄です」

これもまた、抑揚のない一本調子の説明だったので、決まり文句なんだと思う。

なるほど。観光客向けの陶芸教室とはいえ、スタッフの人たちもアルバイトじゃなくて、陶芸家さんなのか。そりゃ、できるだけ塩対応、いや、省エネ対応になるかもしんないな。わたしも創作小説どっぷり書きながら、隙間《すきま》に文章教室とかやってたとしたら、頭の切り替えがうまくいかず漏電してバグるかもしれん。

お茶碗は2か月後に焼きあがるとのことだった。

2か月後はどこにいるんだろ。想像できない近くて遠い未来にとまどいながら、とりあえず、自分がいそうな家の住所を書いておいた。

未来に思いを馳《は》せていたら、家に帰って、今度は過去に引き戻された。

先日、ピアノを処分したら、裏の隙間《すきま》から大量に写真が出てきた。壁に貼ってあったものが、自然ととれて落ちちゃったみたいだ。

父とわたしと弟の写真が出てきた。

わたし、めちゃくちゃ父に似てきている。おそろしい。

このころから弟は、水に触れるのが大好きで。ダウン症の人や、自閉症の人には、多いみたいなんだけど。彼らは自然を、規則正しく無垢《むく》な世界を、とことん愛する。

いまも「およぐ！」「スイミングいく！」と、弟は何度もわたしに交渉してくる。

福祉施設のスイミングスクールに当選したら5月から行けるよ、とは言っているものの、片道1時間かかるし、わたしが仕事の都合で一緒に水中まで付き合えない日は、スクールを休まなければいけない。

近所のスイミングスクールやスポーツジムには、ケアマネさんやヘルパーさんからあたってもらって、すべて「障害がある人は利用できません」と一律で断られてしまったけど、なんとか、方法はないかなと思って、もう一度自分でメールを書いて送ってみた。

介助は必要なく見守りと指導をお願いしたいこと。送迎やできるかぎりの見学はわたしがすること。障害者向けの施設は遠くて通い続けるのがむずかしそうなこと。幼かった弟がそちらのコーチに大変お世話になったこと。あと、普段の弟ができること、できないことを、できるだけ詳《くわ》しく、素直に書いた。

企業が運営しているので、サービスにも責任にも限界があることは重々承知しているけど、話だけでも聞いてもらえないかと懇願したら、今日電話がかかってきた。

「もう少し詳しくご状況をおうかがいしてもいいですか」

ああこれはダメかなあと思ったけど、

「お子さんのころにこちらを頼りにしてくださったとのことで、今回もできるかぎり、なんとかお力になりたいと思っています。なにかしら方法を考えてみますので」

と言ってくださった。

大人向けにマンツーマンでのスイミングレッスンがあり、そこの枠を弟が使えないか、検討してくれるそうだ。実現の可能性は低いかもしれないけど、忙しい仕事のなかで時間をつくって、考えてくださったのが、すごくうれしかった。それだけで元気が出る。

特別扱いをしてほしいわけではないので、料金が割高になってもきっちり働いてお支払いするし、無理ならあきらめる。

でも、こういうやりとりがあったことが、また別のだれかが相談したときに、なにかしらの手助けになったらいいな。

いきなり転ぶからなんとかなる

2021/03/28 20:30

不意打ちだったからこそ、どさくさで耐えられる痛みとか怖さって、あるやん。いきなり転ぶと、痛みよりもまず驚きが先にくるから、痛みはちょっと軽減される気がする。

「じゃ、いまからわざとズザーッて砂利《じゃり》の上をスライディングして転んでください」

こう言われると、めちゃくちゃこわいし、泣いちゃうくらい痛い。

歯医者も、

「痛かったら言ってくださいね」

っていう前置きが、恐怖を爆増させとる。

くるかな、くるかな、いつだろ、まだかな、と痛みを予想して待っている時間は冷や汗をかくらい、おそろしい。わたしはいつも歯医者で背中がべちょべちょになる。いやすぎる。

一度経験してた痛みなら、なおさら予想できる分、こわい。心の準備期間が長ければ長いほど、しんどくなる気がする。

怪我《けが》であっても、病気であっても。

入院中の母がいま、まさにそれでしんどいらしい。

今週の31日くらいに見事退院をする予定なので、体についているあらゆる管や、あらゆる糸を抜いたりしているのだが、なかでも一番抜くのが痛くて有名な管があるらしい。

「12年前に入院したときは、不意打ちやったからビックリが勝って、耐えれてん。せやけどあの痛みを覚えてるから、今回はいやでいやで」

どれくらい痛いかと言うと、死ぬほど痛いそうだ。電話の向こうで、医師らしき「死ぬわけないでしょ」という落ち着いた声が聞こえてきた。死なんために、入れてるやつやしな。

結局、母はのびやかに悲鳴をあげて、管をズルンッと抜いたそうだ。

「退院はうれしいねんけど、こわいねん」

母はまだなにかにおびえてるらしい。

「なにがこわいん」

「手術で胸を切って、糸でとじてるやろ」

「うん」

「なんかの拍子に力入れたら、それがパカッと開いてしまいそうで、こわいねん」

「そんなことあるん⁉」

「ないと思うけど」

「も、もしパカッとなったら、どうしたらええの？」

「……デロデロンッて心臓とか外に出てくるんかなあ」

「地面に落ちひんように、両手で受けたらええんかな」

「あんたお裁縫できひんから、縫うのも期待できへん」

「素人が縫ったらあかんやろ！　救急車や、救急車」

そんな、調理前の魚の内臓を抜くような感じで想像していいんだろうか。子ヤギたちを丸呑《まるの》みしたオオカミの腹に石詰めて縫うような感じで想像していいんだろうか。

これもすぐに医師が呆《あき》れて、「あるわけないでしょ。とんでもない事故とかで、よっぽどの圧力かけないかぎりは」と補足した。

なんだなんだ、よかったよかった。

でも、母にとっては、0・0001%のほぼありえない可能性も、おそろしいらしい。もしお風呂に入って、車を運転して、重い荷物を持ち上げて、胸がカパッと開いてしまったら。また、あの、すごくしんどい手術をすることになる。管も抜くことになる。

そういう恐怖の記憶が、ずっと頭の片隅をかすめていく。これは、病気になった人にしかわからないかもしれない。病気と戦い終えてもなお、再発と向き合って生きていく。

医師はビビりまくる母に、しびれを切らして言ったそうだ。

「あのねえ。何度も言うけど、ふつうに生きていたら、そんなことにはなりませんから」

まぎれもなく本当だろう。

でも母は、ふつうじゃない最悪の状況をいつも想像してしまう。

これは人間に備わってる防衛本能だと思う。わたしもそうだ。

自分の意見らしきなにかをSNSで投稿したとき、100人は「ええやん!」的な反応だったとする。

だが、ひとりでも「こんなんあかんわ」的な反応があると、100人のええやんがかき消されるくらい、動揺してしまう。

すべての人からワッショイされる人生ではないので、気にしないようにしているけど、どうしてもふとしたときにチラッチラと、ネガティブな予感が顔を出す。それまでの勢いを殺し、足を引っ張る。

1%でも不安や危険があるかぎり、わたしたちは、己《おのれ》を守って生きるために、注意を払おうとするのだ。それは野生の本能だ。母もいま、そういう状態なんだと思う。

だけど、今日はまた、なんか様子がおかしかった。

母が電話で、ぽつりとつぶやいた。

「もうわたし、豚さんを食べられへんかもしれへん」

「急になんなん?」

「わたしの人工弁、豚さんのやんか」

感染性心内膜炎のため、心臓の弁がばい菌でズッタズタになってしまった母は、それをぜんぶとってポイしたあと、人工弁に付け替えていた。その人工弁には、豚さんの弁が使われている。

「せやから豚さんには並々ならない感謝の心があるんやけど、さっきテレビで養豚場のドキュメンタリーやってて……なんか、よお食べられへんくなってもうた」

病院でも豚カツや生姜焼《しょうがや》きが出るそうだが、ブヒブヒ元気な豚さんの顔と、自分の心臓が頭に浮かんで、どうにも箸《はし》が進まんと。

知らんがな。

食べる、食べへんは自由やから、なんも言えんから好きにしたらええけども。

せやけどな、今日にかぎったら、ちょっとタイミングが悪かった。あの名店「瓢嘻《ひょうき》」さんから、母が退院したらお祝いにと、出汁しゃぶセットが届いてしまったのだ。

実は3年前、赤坂の店舗に取材でうかがったことがある。全個室のただならぬ空間で、白ネギたっぷりの出汁に浮かんだお肉を、美味《おい》しそうにする人をひたすら撮影していた。わたしは一滴も食べられず、悔しくて大地を力のかぎり踏みつけた。

「あのさ、実は、しゃぶしゃぶが届いてて」

「豚さんやん……」

母が落ち込んだ。

「そう。でも、出汁《だし》しゃぶやねん。知ってる？　すごいねんで、豚肉でネギくるーんてやって、出汁ごといったら、もう、なんぼでも入るねん」

「……」

母は突然、電話口で黙った。

「そんだけ薄いお肉やったら、豚さんじゃないかもしれへんから、食べてみるわ」

豚さんじゃないことは、ないと思うで。

いろいろあって、この春はテレビのドキュメンタリー番組の取材班が入ってくれている。ばあちゃんは、よその人の前ではしゃきっとして、忘れかけていた記憶もバックアップデータがダウンロードされるらしく、これはこれで便利だ。

インタビューで「76歳です」と、自信満々に4歳もサバよんでたけど。

わたしの活動だけじゃなく、家族にもスポットライトが当たる構成なので、弟にも取材をしてくれる。

今日は、わたしと弟でこんなことをした。

ばあちゃんの介護サービスを申請するための書類を、区役所に郵送する必要があった。わたしが書類に記入して封筒に入れたら、近所のローソンに持っていくのは弟の役目。「せっかくなので」と、弟がコンビニにえっちらおっちら向かう様子も、追っかけてくれた。

すぐ後ろにディレクターさんとカメラマンさんを連れ、ローソンまで旅に出る弟をマンションの上から眺めた。「ロード・オブ・ザ・リング」の序章を観ているような、なんともいえない高揚感がある。

15分後、弟の帰還。

ディレクターさんが、「あの、なんか、ベランダから鳩《はと》が飛び出てきてびっくりしたんですけど」と報告してきた。

またか！

「もう、すぐ隙間《すきま》から入り込んじゃうので、困っちゃうんで……」

えっ？

子育て、始まっとるがな。

カメラの前で「卵やん！　卵！」「うわっ、あったかい！」「どうしよう、これ、生まれる？　生まれる？」とパニックになってしまった。ディレクターさんはとまどいながら、笑っていた。

「ちょっと、これ、卵ってどうしたらいいんですかね。ホントに鳩増えたら困るんですけど」

「調べましょうか」

「調べましょう」

スマホで検索すると、勝手に鳩の卵を処分したり移動したりするのは、鳥獣保護管理法違反となり、懲役1年以下もしくは罰金100万円以下の刑となるとのことだった。

「あかん」

「うわあ」

わたしの手にはすでに、卵がのっていた。

「えっ、これどうしたらいいんですか、カメラにばっちり撮られてるじゃないすか。懲役すか。これ、懲役すか」

「と、とりあえずすぐに戻しましょう！」

巣に卵をそっと戻した。

あとでちゃんと調べたところ、自治体に連絡して処分の許可をもらうか、認定された業者に有料で駆除を頼むしかないらしい。

「あ、自治体に連絡したらいいんだ。許可が下りるまでに、平均3週間……えっ、鳩の卵ってどれくらいで孵《かえ》るんですか？」

「18日って書いてますね」

「もう誕生するやん」

業者は最低でも2万円かかり、しかもいまは繁忙期とのこと。八方塞《はっぽうふさ》がりである。わたしにできることは、孵化《ふか》するまで見守り、それからネットをさらに張るなどして予防することだけ。追い出したいのに、見守るしかないとは。敵に塩ならぬ、鳩に豆を送る。

もうあかんわ。

アヒルの犬か、アヒルの人か

2021/03/29　23:14

犬の梅吉が、吠《ほ》えて、吠えて、吠えまくる。

散歩をしているときは、特に吠える。大興奮。10棟以上ある集合マンションの敷地なので、これでもかと跳ね返り、朝も夜も関係なく、梅吉の咆哮《ほうこう》が響きわたる。人や犬が歩いていると「遊んで！　かまって！　ぼくを見て！　友だちになって！」と、ギャンギャン吠えるが、なにもいなくても吠える。

「ダメだよ」と軽くリードを引いてたしなめるとピタリと動きが止まり、きっちり1秒後にさらに吠える。なんなんだ、なにが見えてるんだ。獣医さんに相談してみて、家でのしつけ、毎日の散歩の習慣化、オーガニックのサプリ、振動する首輪などいろいろ試してみたが、てんでダメだった。

本犬（本人の犬段活用）はいたって健康そうなので、なるべく人のいない時間帯を選び、できるだけ遠くの野っ原へ連れていき、それでもだれかとすれ違って吠えてしまうときは、梅吉をガッと抱き上げて抱え込み、猛烈ダッシュで走りすぎる。

そういう忍びの国の散歩術を繰り返していたが、ここは田舎のどでかいマンション。ついに、管理人のおじさんからやんわりと「子どもやほかのワンちゃんがこわがってしまうので」と注意が入った。

本人《わたし》と本犬《梅吉》の不徳の致すところなので、誠に申し訳ない。

しかたがないから散歩はやめて、家でボール遊びでもして体力を散らすかと思ったけど、梅吉は散歩に行きたいと、キュンキュン鳴くのである。散歩は当然の権利、犬権だ。

でも、しつけを根気よく続けても、一向に出口が見えない。

数日間悩んだ結果、意を決して、梅吉に口輪を買うことにした。

口輪は賛否両論ある。普段はものを食べたり飲んだり、コミュニケーションをとったりする口を無理やり塞《ふさ》いでしまうのだから。犬にとって、ストレスになるに決まってる。

もし梅吉がいつまでもいやがったり、外したあとにいっそう吠えてしまうようだったら、外すつもりだった。

シリコン製で、やわらかくて。

あまり締めつけが強くなくて。

梅吉がいやがらなくて。

マンションで遊ぶ子どもが、こわがらないやつ。

3種類ほど買って、試してみたところ。アヒルの口そっくりな口輪が一番、しっくりきた。

あまりのアヒルっぷりに、どないやねんこれはと思ったけど、本犬もまんざらではなく、これだけは外そうともしなかったので、暫定的に使ってみることにした。

あまりの様相に正直なところ笑ってしまったけど、同時に悲しくなってしまった。グウ。

かわいいけど、これは、笑われちゃうかもしれん。

梅吉はバヵ真面目にてくてくと散歩をしているだけなのに、めずらしそうにじろじろ見られて、笑いもの、ならぬ、笑い犬（の冒険）にされるのは、彼の本意ではないはずで。しかも吠えることを封じられている屈辱《くつじょく》。これではさらし者ではないか。梅吉の自尊心が下がったらどうしよう。わたしなら確実に下がってしまう。

だけど梅吉を散歩させるために、口輪以外の方法がいまは見つからない。

そしてこれは、ものすごくいやらしくて浅ましい話なんだけど、ここではわたしの素性が割れまくっている。

ボルボもデーンと停まってるし、車いすで母はブイブイ外出してるし、弟はウェイウェイおつかいに行くし、そりゃ割れる。

事情を知らない人からしたら、「岸田奈美さんがしつけを怠《おこた》って、犬に無理やり口輪をはめていた」と、誤解されてしまうんじゃないか。いや、誤解じゃないんだよ。ぜんぶわたしのせいなんだよ。でも違うんだよ。わたしだって泣きたいんだ。

どうしたらいいか、わからなくなって。

わたしも同じアヒル口を購入して、つけることにした。

母が昔、なんの言うことも聞かない（っていうかたぶん言ってることがよくわかってない）弟に、心から向き合っていたのを思い出した。「あれしなさい」「これしなさ

い」と、弟に指示をするのではなく。母はすべて、一緒にやってみせた。弟が食べないものがあったら、美味《おい》しい美味しいと言って食べて。草陰に忍者のように隠れながら、弟の登校を尾行し、立ち止まったら、「あー！学校が楽しみだなあ！」と急に飛び出して、るんるん気分で先を行ったりしておびき寄せていた。忍びの国の子育てかな。

当時は陽気なオカンだなあと思っていたけど、あれは弟に「お母さんだってやってるんだから、恥ずかしいとか、こわいことじゃないんだよ」と全身で伝えていただけなのだ。母はそれを、弟のために13年は繰り返した。

　わたしもアヒルの口輪をつけて散歩をすることで、「笑える口輪をつけられている、恥ずかしい犬」から、少なくとも「たぶんアヒルが好きそうな飼い主と、それに付き合ってあげている犬」に見えるのではないか。

　アヒルの口輪をつけている犬よりも。

　アヒルの口輪をつけている人の方が、注目されるのではないか。

　わたしに興味が引きつけられているうちに、梅吉は思う存分、散歩をしてほしい。

　大丈夫だ、わたしの自尊心は下がらない。きみのためなら、なんだってやってやる。

　わたしは岸田ひろ実の娘、岸田奈美だ。

　そういう気持ちでさっき、満を持して散歩に行ってきた。

　遅い時間帯でだれもいなくてホッとしたけど、梅吉がいつもと変わらず、しっぽをふりふりしながら縦横無尽に駆けまわってくれたので、明日もアヒルの親子でいよう。

幻のオリーブ泥棒

2021/03/30　20:50

母の部屋に、オリーブの木がある。

木といっても、つくりものだ。ビデオ会議をするとき、背景が真っ白でさみしいからと、冬に母が通販で買った。

この木が、朝起きたらなくなってた。

オ、オリーブ泥棒が出た！

こういう脈絡のない怪事件の出どころはだいたいばあちゃんなので、聞いてみたら、「知らんで」とのことだった。

グループホームからちょうど弟が帰ってきたので、一緒に探してもらったが、家のどこにもない。物置きも、タンスも、ベッドの下も。カバンのなかも、机のなかも、探したけれど見つからないのに。向かいのホーム、路地裏の窓、こんなとこにいるはずもないのに。

探しものをしてるとき、頭のなかで流れ続ける曲ってあるよね。わたしはあまり深刻でないときは山崎まさよし、かなり深刻なときは井上陽水が流れる。

まさか、ばあちゃんがまた捨てたのか。いや、それにしても、木やぞ。けっこうでかいぞ。いままでも置いてあった木をいきなり捨てるって、そんなことあるんやろか。

父の部屋を探っていると、ひょこっと弟が扉から顔をのぞかせて、ちょいちょいと手招きした。

「ねえちゃん、あった」

「でかした！」

ついていくと、そこはベランダだった。

どうして？

「ばあちゃん。なんでママのオリーブの木が外にあるん？」

「なんでとちゃうわ。木やねんから、お日さまに当てたらな育たんわ」

「これ、鉢のとこビッチャビチャやねんけど」

「水あげてん」

さっきの「知らんで」はなんだったんだ。

ポーカーフェイスなのか。まさか身内にオリーブ泥棒が出るとは思わなかった。しかし、オリーブ泥棒にも、木を慈しむ優しい心があったのだ。

プラスチックのつくりもんやけどな。ようできとる。

姉と弟はビッチャビチャになった鉢をかたむけて水を流し、布巾で水滴を拭き取っていった。

ベランダから見える、隣町へとずっと続く道には桜が咲き誇っている。子どもたちがきゃあきゃあとはしゃぎ、ベビーカーを押したお母さんやお父さんたちが仲睦まじそうに歩いている。桜にスマホを向け、シャッターを切る。

一方われわれは、一生懸命に、つくりもんのオリーブを拭いていた。「バッカでえ！」とばあちゃんを指さしてゲラゲラ笑いたいところ、ぐっとこらえ、黙っている。笑うとばあちゃんは怒るからだ。

ミレーの「落穂ひろい」のように、作業の重苦しさを描きながらも、明るい太陽に照らされる鮮やかな色彩を際立たせる、いい構図だと思う。

「オリーブ拭き」を、だれか描いてくれ。

粛々とオリーブを回収したあと、わたしは思いついた。

「もしかしてばあちゃん、犬のぬいぐるみ置いといても、気づかずにエサやるんちゃうか」

止まらない好奇心。やってみよう。

だが、そう都合よく、犬のぬいぐるみが家のなかにあるわけもない。それらしいものは「押すと音が鳴るサルのぬいぐるみ」か「父が買ってきたE.T.のぬいぐるみ」だった。一瞬迷ったが、正気を取り戻してサルを抜てきした。

でも、こんな極彩色のサル、嵐山モンキーパークにもおらんもんな。どう見たってぬいぐるみだ。

さすがにこれは……と悩んでいるうちに、梅吉がサルの頭をくわえて、風のように走り去った。

台所でひたすら砂糖と塩の容器を入れ替える（なんかずっとやってる）日課を終え、戻ってきたばあちゃんは、

「かわいくないカッパのぬいぐるみやなあ」

と言っていた。

どこをどう見たらこれがカッパに見えるのだろう。なにを見てるんだ。前世か。おそろしくなってきた。でも、さすがにぬいぐるみと見破られてしまった。

今度はもう少し、リアルなぬいぐるみを仕入れて、試してみよう。

しばらくわたしがリビングを離れ、なんやかんや仕事などをしてから、戻ってくると。

ぬいぐるみがいなくなっていた。

代わりに、この家の人間が尻を置くすべてのクッションのなかでも、そこそこでかくて上等なクッションの上に、ぬいぐるみが鎮座していた。クッションの方が何倍も大きいので、サルが祀《まつ》られとる感がすごい。

つくりもんのオリーブに水をやり、ぬいぐるみのサルを祀る。ばあちゃんの行動原理がいまだによくわからない。

でも、ただのモノが、イキモノになる瞬間ってあるよね。

弟も、ボルボに乗るたび、

「あいがとう」

フロントガラスに雪が積もった日には、

「さむいれすね」「げんきれすか」

なでなでして、しゃべりかけていた。

見ているとなんか、わたしもしゃべりかけた方がいい気がしてきた。こうしてボルボはイキモノになった。

命は芽吹く。人が慈しんで息を吹きかければ、どこにでも、なんにでも。

ウトウトと昼寝をしていた。

そしたら、ザシュッという風を切る音とともに、胸に衝撃が走った。「グエッ」という自分の声で目覚めてしまう。

わたしの胸に、梅吉が乗っていた。長細い足を、肋骨《ろっこつ》と肋骨の間にちょうど挟《はさ》んで固定するようにして。めちゃくちゃ重いし、ふつうに痛い。

「いだだだだだ！　なになになになに？」

梅吉は犬なのでもちろん説明はしない。ただ、わたしの肋骨の上に立っているだけである。

「おー、よしよし。起こしに来てくれたんやな」

かわいいやつめ。そう思ってわたしは、梅吉の背中をなでなでした。梅吉はわたしの頬《ほお》にすりすりと、顔をなでつけた。

しかしどうにも様子がおかしい。

「グッ」

「え？」

「グッ、グッ、グッ」

梅吉はあくびをするように口を開けて舌をでろんと出し、どんくさいシャックリのような声を喉奥から出している。前足はどこかリキむように、これでもかと突っ張っている。

梅吉が一瞬、遠い目をした。

そのとき、ものすごい勢いで、昔の記憶がフラッシュバックする。これと同じ目をしたやつを、わたしは見たことがある。

大学のとき、サークルの新歓で。一滴も飲んだことないくせに「俺、九州男児なんで」とイキッて、鏡月をしこたま飲んだあとの溝口くんの目だ。

「ウ、ウワーッ!」

気づいたときには、「ゲポァ」という水が逆流する音がした。

ベッドから飛び起きる。母の高級羽根布団を勝手に借りているので、打ち上げられたシャチのごとく、思いきり下半身をバネのように使い、まず布団を跳ねのけた。

胸元に確実な湿気を感じるけど、こわくて見れない。

それはもうめちゃくちゃこわい。

梅吉を左手で抱きかかえ、右手で口を押さえる。これが溝口くんだったらトイレにブチ込むべきだが、犬がトイレで行儀よく吐けるものだろうか。そんな、哀愁漂う新橋のサラリーマンみたいな真似をさせたくない。

一瞬の判断でトイレを通り過ぎ、ペットシーツの上に連れていった。いそいでフードを食べると、梅吉はこういうことがあるんだけど、今回もそれのようだった。

数分後、すっきりした顔の梅吉がそこにいた。わたしのパーカーは、首元から腹にかけて、満身創痍《まんしんそうい》の様相をかもして。

「胸を借りる」「胸を貸す」という言葉は、こういうときのためにあるのだ。

退院ドナドナ

2021/03/31 21:37

こちら岸田地検特捜部。

午前8時30分……の予定だったけど、午前9時00分。(寝坊した)

感染性心内膜炎で約2か月にわたり入院していた実の母を……。

連行ーッ!

入院期間が長く、しかも感染予防対策で外出や面会が禁止だったので、病室はまるでクマの穴蔵だった。

まず、母の荷物が多すぎる。

かっぱえびせんと、たべっ子どうぶつの、なんか小分けになった袋がビラッとつながってるあれが丸ごと置いてあって、なんで買うだけ買って食べてへんのかと不思議に思った。

「病院の売店に行くと、なんかハイになって買ってしまうんやけど、病室に戻ると食べる気がなくなるんよね。わける友だちもおらんし」

ふたりでも母の荷物を持ち切れないので、コストコみたいなカートを借りた。コストコみたいなカートでも荷が重すぎたので、残りは弟に背負ってもらった。穴蔵からの大引っ越し。ドナドナドーナードーナー、オカンを乗ーせーてー

入院したのが2月だったので、病院に駆け込んだとき着ていたコートやマフラーもあった。母は「病室から桜も見えないし、春なんて信じられへん」と、それらを半信半疑でたたんだ。

化粧の仕方がわからなくなった母は、ファンデーションと下地クリームのどっちを先に塗るかをしばらく迷っていた。外界でやっていけるのだろうか。

ナースステーションを通るとき、一番よくしてくれた看護師さんが、

「岸田さん、退院でーす」

と大きな声で言ってくれた。申し送り中で忙しそうなみなさんが一斉にこちらを向いて「お大事に!」「大変でしたね!」「お疲れさまでした!」と、送り出してくれる。

そのなかにひとりだけ、青いスクラブを着た人がいた。

「な、中井せんせーっ」

10時間もの手術を成功させてくれた、ゴリッゴリの関西弁で、飄々《ひょうひょう》とした先生。

母の執刀医だ。

ナースステーションにいるところは見たことなく、何日も家に帰れないくらい忙しい先生なので、もしかしたら母を待っていてくれたのかもしれない。

「なにかあったらいつでも連絡くださいねえ」

母はぼろん、とマンガみたいな涙をこぼしかけた。感謝で胸が張り裂けそうとはこのことだが、本当に胸を裂いたので、半永久的にこの表現は使えなくなった。

「なにかあったらどうしましょう……」

「なんもないから、大丈夫やて。いままでどおり、楽しーく暮らせますから」

グスグスしながら見送られる母を、わたしと弟でドナドナした。

命を救ってもらったといううれしさと、家でなにかあったらどないしようという心細さで、病院の看板やらなんやらを見るたびに、母は泣いてしまうようだった。

「元気にとか、仕事復帰してとかならわかるけど、楽しく暮らせるってはじめて言われたね」

「いままで楽しそうに見えたんやろうね」

待ち合いフロアで一度、母と別れた。この日のために買った「あったかーい目をしているドラえもんの絵が特大プリントされたトートバッグ」を、大事に大事に携えて、わたしは会計に向かう。

なぜ大事に大事に携えているかというと、おろしたばかりの現金が、むき出しで入っているから。

せめて封筒に入れたいところだけど、札束が分厚すぎて、備え付けの封筒に入らんかったのだ。

母の入院費の支払いは、90万5458円。保険や高額療養費制度をすべて適用したあとの、自己負担額だ。

わたしのデビットカードでは限度額いっぱいで支払いできなかったので、札束をそのままグイグイと、会計の精算機に突っ込むことに。

隣の精算機を使っていたおじさんが、「やばいやん！」と言ってきた。やばいんですよ。いや、めちゃくちゃ見てくるおじさんもやばいけど。

明細を見たら、手術に600万円かかってるらしい。ホンマかよと思い、好奇心でいろいろ調べてみたら、そもそも母の心臓に使ってる生体弁が400万円したので、そりゃかかるわ。

ものすんごい金額だったけど、note《ノート》を書き続けていたので、サポートやマガジンの購読料が手に入っていて命拾いした。お金の心配をせずに家族のことに時間を使えて、無事で母が帰ってきたのは、支えてくれたみなさんのおかげです。

会計を終えて、外に出た。

「あっ」

タクシーに山のような荷物をテトリスのように詰めていたとき、母が声をあげた。

振り返ると、そこには病院の駐車場に詰めている警備員さんがいた。

「最近ここで見いひんから、どないしたかと思ってたんですよお」

「実は入院してたんです」

「ええっ！　ほんまですかあ。それは大変でしたなあ」

この警備員さんは、定期的にこの病院へ通っている母の顔と車を覚えて、いつも声をかけてくれたり、空いているところを優しく教えてくれるのだった。

母がいつか「たぶんリッツ・カールトンでバリバリのドアマンやってたけど、わけあって病院の警備員を頼まれて転身した達人やと思う」と絶賛していたのがこの人か、と思った。

「でも今日はええ天気で、よかったですねえ」

わたしもそう思う。

赤いフィットじゃなくて、白いボルボになったんですよ、と言うと、警備員さんは「楽しみにしてますわあ」と見送ってくれた。

わたしは病院にあまりいい思い出はないけど、長い時間をここで過ごして、たくさんの人に支えられてきた母には、いい思い出もあるようだ。

ここでお世話になるたびに、苦しいことと、ハンバーグにこそっと添えられたにんじんみたいに、ちょっとだけいいこともついてくる。

タクシーに乗ったら、わたしと弟は秒で寝落ちしてしまった。

おめでたい退院の儀でも爆睡する。それが子どもの特権である。

家に着いて、せっせとごはんをつくった。

病みあがりの人が食べるので、ひかえめにそばや雑炊で手を打とうかと思ったが、「ソースが食べたいねん」という病みあがりの人の声に寄り添い、お好み焼きとそばめしをつくった。炭水化物は人間を幸せにする。

ちなみに夜は、先日いただいた瓢嘻《ひょうき》のしゃぶしゃぶだった。

勘のいい読者の方々ならもうお気づきと思うが、あれだけ母が「生体弁をくれた豚さんはとてもとても食べられない」とメソメソしていたのだが、どちらの材料も豚さんだ。

母はパクパクと食べながら、

「心臓の手助けもしてくれて、こんなに美味《おい》しくて、豚さんは本当にえらいなあ。すごいなあ。これからずっと、感謝していただくわ」

うん、それがいいと思う。

そんな母にも、退院したらさっそく、やることができた。なんと、母が東京2020オリンピック聖火リレーのランナーに選ばれたのだ。

「えっ、無理ちゃうか」「いけるかも」「ほんまかな」「いやわからん」「どないやろか」「いけなくもないかも」「走りたいな」「走れるならな」と母と延々、どないしよかストラグルを繰り広げた。

母は何度も、体調が不安だから、申し訳ないけど辞退しようかと迷っていた。オリンピックの開催や、聖火リレーの運営は、ここでは語り尽くせないほどいろいろある。いろいろな思いで、辞退したランナーたちも知っている。

でも、母の思いはただひとつであり。

「こんなわたしでも、必要やと任せてくれるなら、走りたい。たくさんの人に心配をかけてしまったから、元気やでって伝えたい」

ほな、走るしかないやんか。

4月14日水曜 15時21分ごろ、大阪府太子町《たいしちょう》で、母が走る。それまでに、体力と筋力を戻して、リハビリをがんばるとのこと。それもそれで楽しみらしい。

主治医は「いけるいける」と言うてくれとるものの、トーチを持ちながら、車いすをひとりでこぐのはかなり厳しいので、例外中の例外で、弟が車いすを押すことを認めてもらった。

……姉は？

姉の仕事がなくなってしまった。岸田家においては不動のセンターで踊り狂っていた自負があったので、これには誠にびっくりである。

カーリングのように母の走る先の道を磨いていくとか、大きめのうちわであおぐとか、なんかないかと探ってみたけど、なんもなかった。おとなしく沿道で見るね。

京都に破れ、北海道を想う

2021/04/01　21:00

母が退院したら、実家の部屋数が足《た》んなくなっちゃって、わたしがあぶれた。

母の寝室か、ばあちゃんが見てもないワイドショーか日経株価を爆音で流し続けている地獄のリビングを、所在なさげに行き来している。

これではどうにかなりそうなので、東京のアパートを引き払って、関西でひとり暮らしできるどこかしらを探していた。週の半分は実家、半分はそっちか仕事で出張、ができたらいいなと思って。

ほんで、アパマンショップの店員さんが「こんな物件見たことない」と冷や汗かくほど、とんでもない物件を紹介してもらった。フルリノベーションした京町家で、茶室やら庭やらついてやたらと広いし、度を超えてオシャレだし、なによりオーナーさんの事情で格安だった。

オシャレすぎてふつうに人命が危ないデザインとかがあって、借り手がつかなかったらしく、わたしが申込書に記入して送ると、店員さんも管理会社の人もすごく喜んでいた。みんながハピネス。

と、思っていたら。

今朝、「オーナーさんが、友人に貸す約束をしていたのを忘れていたらしくて……すみません、住んでいただけなくなりました」と店員さんから連絡があった。

「な……ん……ですと……」

「なんとお詫《わ》びをお伝えしたらいいか」

わたしは前職で会社員だったとき、それはもうポンコツすぎる仕事っぷりだったので「なんとお詫びをお伝えしたらいいか」は完ぺきなイントネーションで発声できるのだけど、言われる側になったのは、はじめてだ。

なんというお詫びもいらないので、その足でタイムマシンに乗って、めちゃくちゃ浮かれていたわたしの口をキュッと黙らせてくれ。頼む。

ああ、でも、ちょっとダメだ、元気が出ない。また1日がかりの内覧が始まるのか。もうあかんわ。

そんなわたしの目に、もう一度光を宿らせてくれるものと出会ってしまった。

「とうきびチョコチョび」だ。

以前、ボロんちょの町家に住んでもらってたおじさんから「お礼に1杯」ということで連れてってもらった北新地《きたしんち》のバーで、おつまみとして出てきた。

とうもろこしをフリーズドライして、ホワイトチョコをかけた、北海道は函館《はこだて》生まれのお菓子。

「へえ。めずらしいですね」

と言いながら食べたら、口のなかにじゅわっと広がるフリーズドライ特有の旨味と、コーンとチョコの甘みにしばし、声を失ってしまった。

目を丸くしてマスターとおじさんを見ると、ふたりともうんうん、と満足そうにうなずいていた。

「やばいでしょ、それ」

場所と役柄と台詞だけで言うと完全に非合法の香りが立って不穏すぎるので速攻検挙であるが、不思議なことにこれは合法なお菓子なのだ。岸田奈美・お菓子・オブ・ザ・イヤーを満場一致で即座に授賞した。で、2004年のじゃがポックル以来の衝撃が各界に走り、見出しを飾る。授賞式でとうもろこしが男泣きをしている。

「今日はそれを食べてもらいたかったんだよ」

「酒ではなく?」

「お酒よりチョびを目当てに来るお客さん、けっこう多いですね」

　バーテンダーさんも言った。

「俺なんてこれが食べたくて週3で通ってる。お金がやばいのにこれを口にしないともう眠れない、相乗的に酒もやめられなくなってる」

「チョび中毒者やん、国策として注意喚起すべき」

　すごいものを見つけてしまったのだが、北海道にしか正規店がなく、関西で手に入れるのはむずかしいので、ネット通販のページを見てみた。どの通販サイトでもだいたい1箱50グラムで205円、北海道からの送料が1200円だった。

「送料6倍やんか」

　とりあえず5箱買って、母に渡したら、母もわたしと同じ反応をしていた。退院してから食欲は落ちているはずなのに、チョびだけはガツガツと子グマのように食べている。

いた。

「やばいでしょ、それ」

気がつけばわたしは、伝承を語り継ぐ者のごとく、おじさんと同じ言葉を口走っていた。

母が豚さんを食べづらくなっているという話の続きだ。

母が感染性心内膜炎で失った心臓の弁の代わりに、装着した生体弁に豚さんが使われているからだ。とは言え、しゃぶしゃぶも、お好み焼きも、泣きながら「うまい、うまい」と食べてはいるのだが。

その「命の恩豚さん思想」に、衝撃が走った。

「これ、治療計画書やねんけど、とっといた方がいいかな」

病院から持ち帰ってきた書類を整理していた母が言った。

「うわ、生体弁について書いてる……豚さあん……」

「えっ、原価調べようや！」

「やめてくれるか」

母のとまどいを押し切って、使われた生体弁の名前を読んだ。インスピリス

RESILIA《レジリア》大動脈弁と書かれていた。かなり必殺技っぽい。くらえ！　インスピリスRESILIA大動脈弁！

インスピリスRESILIA大動脈弁はRESILIA処理を施した、ウシの心のう膜組織をフレームに取り付けた、ステント付き三葉弁です。専門の技術を持った人間が、ひとつひとつ手作業で仕上げ、高い性能と安全性を誇っています。


ウシの？

心のう膜組織を？

フレームに？

「豚さんじゃなくて、牛さんやん」

「えっ、えっ」

母はびっくり仰天していた。

いままで病院食にも豚さんが出るたびに手を合わせてしばらく拝み、子豚が出てくる動物番組ではぼろぼろに泣いて電話をかけてきた。あの涙はなんだったと言うんだ。

牛さんは怒っているんじゃないか。

「もしかして牛丼とか、病院食で出てきた?」

「食べてた……ふつうに食べてた……」

「いまからでも遅くない。誠心誠意謝って、拝もう」

なぜ豚さんの弁と思い込んでいたかというと、手術のときに主治医から説明を受けたのだが、あまりにも混乱していて牛を豚と勘違いしていたらしい。あやうくずっと、豚さんに「いや僕やないねんけど」と恐縮される人生を送るところだった。

イマジネーションフィッシュ

2021/04/02 20:54

だれとだれが結婚しましたというニュースと、だれだれが亡くなりましたというニュースが、同時にスマホへ通知される日だった。

季節があっという間に変わってしまったなあ。去年のいまごろは、会社を辞めて、作家になってダバダバしていた。たくさんの人と出会って、たくさんの人と別れた。

別れのなかでも一番決定的なのはやっぱり「死」なのかな。

わたしには経験則がある。大切な人が死んで、泣き濡《ぬ》れる日から、過去と未来を考えないようにして、だましだまし暮らす日々に変わるまでが、だいたい1年。そういうこともあったねと笑って思い出せるようになるまでが、だいたい10年。

とんでもない悲しみでも、砕けて砂になっていくまでのだいたいの目安がわかっていると、とりあえず絶望はしないと思う。地図があれば、ただ歩いているだけでも、前に進んでいくことになる。

わたしの地図にはずっと、「出会いの数だけ、別れが増える。できるだけ出会わない方がいい」というのがあるけども、そんなこと言ったって、出会いはやめられないとまらない、かっぱえびせん。

出会うというのは、同時に「この人となら別れを乗り越えられる」と思えることだ。別れてでも、出会いたい人が地球にはいる。いい出会いのために、いい別れを。と、いうことで。

今日は、魚と出会って、すぐ別れた。

母が以前、北海道で出会った仕事の関係者から、退院祝いとして送ってもらい、出会った魚と。

とてもでかい魚だった。宅配便の箱が棺《ひつぎ》に見えた。

ひと目見た瞬間、わかった。どう考えたって美味《おい》しい。これほどでかくて、身がぎっしりして、つやつやしてる魚の一夜干しを見たことがない。尊い。わかってる。

ただわたしは、魚をさばくのがこわいのだ。生の魚がこわい。まんじゅうこわいという言いまわしではない。本当にこわい。ごめんなさい。

母に、

「魚食べたいけど、グリルに入れる大きさに切るの、こわい。切って」

と言うと、

「切りたいのはやまやまやねんけど、しばらく腕に力入らんのよ。でっかい包丁にぎられへんわ」

戦力外であった。

話を聞いていたばあちゃんが、

「こんな立派な魚に失礼や！　はよ切りぃ！」

としびれを切らして、ド正論を撃ってきた。たまには正しいことも言いなさる。

腹を決めて、わたしは包丁をにぎった。

めちゃくちゃこわい。魚の手触りもこわいし、「はよせえ！」「そこちゃうわ！」とベンチからゴリッゴリに野次を飛ばしてくる監督のばあちゃんもこわい。

「う、うあああ」

「うるさい！　ちゃんと見るんや！」

ちゃんと見た。ひれがちょっと破れて、まな板の上に散ってしまった。ひれもこわい。なんかちょっと薄くなって向こう側が透けているのがこわい。

カウンターキッチン越しに、母がゲラゲラと笑いながら眺めていた。

カウンターキッチンはそういう目的でつくられたわけではない。リビングで遊ぶ子どもを見ながら、親が安心して料理をする幸せなワンシーンのためにつくられた。決して、魚を料理しながらむせび泣く子どもを笑って見るための設備ではない。パンと見世物、魚と見世物。母の娯楽が古代ローマ貴族。

しかし、そうやって料理された魚は。

ハチャメチャに美味しかった。

グリルで焼いただけなのに。

身がぷりっぷり、旨味じゅわあっ。でかい背骨の表からも裏からも、でっかい身がボロンボロンととれる。ポン酢とだし醬油《じょうゆ》で、無限にいけた。

とうきびチョコチョびに続き、北海道って、やっぱすげえや。わたしの徳が低いばかりにこわがってしまって、魚さんに申し訳ないな。

1枚ずつ真空パックされて届いたのだけど、頭がもうなくて、袋にもなにも書いてないから、なんの魚かがわからなかったのが心残り。

母は「カレイは美味しいわあ」

ばあちゃんは「こんなにでっかいヒラメ見たことない」

弟は「タイ！（たぶんタイしか魚を知らん）」

わたしは「スズキってこんなに旨味あるんや」

家族全員、ぜんぜん違う魚を口走りながら、やんややんやと褒《ほ》めていた。混乱しそうになった。なんの魚なのかを、知恵を尽くして議論する余白がまったくない家族だ。各々、名前が浮かぶ魚だと思い込みながら、一心不乱に食べていた。イマジネーションフィッシュ。

お客さまのなかに、魚博士はいませんか。

今日は、ばあちゃんの内科診察に付き添ってきた。

近所でも爆裂に混むという診療所なので、朝一番の8時30分に家を出ることになったのだが、わたしが起きたのは8時25分であった。

5分で飛び起き、歯を磨き、寝間着にしているクッタクタのジャージのまま、気づいたらばあちゃんと外にいた。ここでの生活がオートメーション化されつつある。東京にいたときはさ、コーヒーメーカーでキャラメルマキアートの1杯でも淹《い》れて、優雅にトースト焼いてたんだけどな。

ばあちゃんが昨晩からずっと「保険証がない」「診察券がない」と言うのだが、何度見てもカバンのなかにあるので「あるがな」と答えるやりとりを、何十回も繰り返していた。

病院に着いてまた「診察券がない」というので「あるがな」と反射的に言ったら、本当に一瞬の隙《すき》でなくなっていた。イリュージョンすぎる。これはプロの泥棒の犯行。

通算4枚目の診察券を発行した。これがポイントカードなら、立派なお得意様だ。もちろん病院ではなんの特典もつかず、ただただ、大混雑する受付で迷惑そうな視線を向けられるのみである。

「どないしよう！　奈美ちゃん、メガネ！　メガネがない！」

待合室でもばあちゃんは大騒ぎした。一斉にまわりの患者さんがそわそわする。うっかり尻に敷いてないかを確認したのだ。

「いまかけてるのはいったい……？」

人を指さすなと教わってきたが、思わず指さしてしまった。メガネをかけてるばあちゃんを。

「あったわ」

ズコーッ！　あるんかい！　だれかツッコミを入れてくれたらいいけど。待合室に広がったのは静寂のみであった。適切なツッコミというのは、高度な優しさだ。人々の思いやりだ。

ゲームみたいに、頭上でビックリマークが光って「いまだ！　ここをタップしてツッコミ！」ってなればいいのにな。

家に帰って、ごはんの準備をしていると、弟がお茶碗《ちゃわん》を持ってきた。

「じいちゃんの」

ついこの間亡くなったじいちゃんが、こねたお茶碗だった。

「じいちゃん、食べるかなあ」

「食べるんちゃうかな」

あえてツッコミを入れずに、ちらし寿司の一番いいところをよそった。ツッコミをしないのも高度な優しさだ。思いやりだ。

双翼《そうよく》の忘れ形見

ネットにあいつが絡《から》まった

2021/04/03　21:12

1週間に2日は、ひたすら寝る日がある。いつも過集中気味なので、そうでもしないと岸田の前頭葉はさらにポンコツになってしまう。

お茶を飲むため、朝にちょっとだけ起きたとき、「今日は日記で書くことなさそうだなあ」と思ったのを覚えている。まあずっと書いてりゃそういうこともあるでしょう。眠気と怠惰には勝てず、いさぎよく二度寝、三度寝を決め込んだ。

リビングのインターフォンが鳴ったのは、それから5時間後のこと。

ずっとテレビで意味もなく日経平均株価の番組を見続けていたばあちゃんが、「よっこらせ」と立ち上がり、玄関へ向かった。

たぶん宅配便だろうと思い、わたしはまた眠ろうとした。そしたら、玄関からばあちゃんがドタバタと戻ってきた。

「奈美ちゃん！　奈美ちゃん！　ちょっと来てや」

「なに……？」

「おばあちゃんじゃあかんわ、来て」

「えー、荷物やったらそこ置いといてよ」

ばあちゃんは宅配で重めの段ボールが届くと、こうやってあわててわたしを呼びに来る。めんどくさいので、できるだけ寝床から動きたくなかった。

「ええからはよ来て！　ばあちゃんどないしたらええかわからんわ、あかんわ！」

「もう、なんやねん」

うちのインターフォンにはカメラがついているので、いったいどんなあかん荷物が運ばれてきたのかと、ひと目見るためにボタンを押した。

映っていたのは、ご近所さんだった。

たぶん、こう、両手を口元にあてて、悲鳴を押し殺すっていう、どの国でも伝わる〝トラブルが起こったあと〟のポーズをしていた。画面から絶望が聞こえてきそうだ。

ご近所付き合いがものすごく活発なマンションでもない。これが「ちょっと五目豆を煮すぎちゃって」とかなら心も晴れやかだけど、そんな付き合いがあったこともない。ってか、そんな付き合いがある街って実在すんの？

ご近所さんから、クレームや。これは。

わたしは直感した。身に覚えはないが、身に覚えがないことに身に覚えがありすぎる。

玄関に走り、ドアを開けた。

「わあ、奈美ちゃん！　……ご、ごめんなさいね、寝てるときに」

優しくてお上品なご近所さんはわたしを見て、申し訳なさそうに言った。

後頭部の髪の毛が東尋坊《とうじんぼう》かと思うほど絶壁に切り立ち、よれよれのパジャマを着て、あまりもんのメガネをかけていた。わたしはどこからどう見てもまぎれもなく、いまこの瞬間まで爆睡していた人だ。この世界は16時を過ぎているというのに。

「あの、すみません、ごめんなさい」

反射的にわたしは謝る。高校生のときバイトしていた有馬温泉の旅館で、なにがいいとか悪いとか考えるな、とりあえず相手がひるむほどの勢いで謝ってうやむやにしろと教えられた。

「え？　あ、あのね、こんなことわたしが言うのもお節介かもしれないんだけど、もし気づいてなかったらお伝えしておこうと思って」

あれ。クレームじゃないのか。

「鳩《はと》がね、いるの」

「どこに？」

「ここに」

ご近所さんがわたしのすぐ左を指さした。そこは、我が家の北側にある洋室の窓につながる、バルコニーだ。玄関のすぐ右手の柵から見ることができるのだが、いまは、鳩よけネットで塞《ふさ》いである。

そのネットに、なにかがからめとられている。

鳩だった。

「引っかかってるみたい、うちの主人が見つけたんだけど」

以前、鳩との死闘を繰り広げたことを書いたけど、そのときに鳩よけネットを物干し竿《ざお》でDIYしたのだ。すると鳩が寄ってこなくなったので、完全に油断してた。この鳩は気づかず、「たでーまー」とのん気に帰宅するつもりでベランダに突撃し、ネットにからめとられたということだ。

バカ！　鳩の大バカ！　大和田《おおわだ》獏《ばく》！

パニックになって暴れたのか、ネットを何重にもまとった鳩は、逆さになったまま
びくともしない。

「うわわわわ。し、死んでる……？」

ちょっとネットを触ると、鳩がもがくように翼を動かした。生きてる。なにを考え
ているかわからない目でこちらを見ている。

「こういうのってどうしたら」

ご近所さんに相談しようと思って、後ろを振り返ったら。

いつの間にか、それなりに遠いところにいた。瞬間移動かな。

「ごめん、わたし、鳥だけは無理やねん。絶対に触れへん！」

わかる。近くで見たら、細い足の高麗人参《こうらいにんじん》っぽい模様とか、首の紫から緑色に変わ
るギラギラしたグラデーションとか、超こわい。怒ったら目の玉とか、たこ焼き感覚
で気軽につつかれそう。

うちのマンションの管理事務所は「鳩はそっちでどうにかたのんます」スタンスな
ので、とりあえず、わらにもすがる思いで鳩を駆除してくれる業者さんに連絡した。

「すみません、いま繁忙期なんで3日はかかりますね」

業者さんの繁忙期すなわち鳩の繁忙期である。新生活に合わせて、フレッシュな気持ちで鳩も飛びまわっている。

3日もかけていたらこの鳩は確実に死んでしまう。そのまま消えてなくなるわけでもないのだ。

いま、なんとかしないと。

消去法で作業員はわたししかいないので、わたしが絡まったネットをハサミで切っていくことになった。

読者のなかに、いるかな。起きて2分後に鳩を救出したことがある人。ノーメイクどころか顔も洗ってない。眠くてフラフラするし、両目のピントも合わない。

バチン、バチン、とネットを切っていく。

もがく間にネットがずいぶん翼に食い込んでいたみたいで、だいぶ思いきり切らないと抜け出せそうになかった。

助けたら、これ、どでかい穴が開くんだろうな。そしたらまた鳩がやって来るんだろうな。せっかく半日がかりでネットを張ったのに。

野次鳩
うすら寒さのなかで
この手に感じた、あのムニュ〜っとした
生あたたかさは忘れないであろう。

人命ならぬ鳩命には変えられないとはいえ、なんで、母がノイローゼ寸前になるまで迷惑をかけられまくった鳩を救わねばならんのだ。

敵に塩を送り、鳩に豆を送る。この葛藤は鳩のジレンマとしていつか道徳の教科書に載せてほしい。マイケル・サンデルなら講義にしている。

鳩の尻をところてんの要領で横から押し出し、なんとかネットから脱出させることができた。

バサッ、バサバサバサッ。

鳩が本気で羽ばたくと、けっこうパワーがあるし、音もすごい。

気がつけばご近所さんは「よかった

あ」と言って、家のなかに引っ込んでいた。お礼を言う前に、ガチャッと鍵《かぎ》もかかった。どうかやすらかな夕方を過ごしてほしい。

鳩はいろいろとあかん菌がついているらしいので、洗面所で手を念入りにジャバジャバしながら、ようやく覚めてきた頭のなかで思った。

もうあかんわ。

命がけでつくろう、命のパンを

2021/04/04　21:15

幸福な家庭を思い浮かべると、どれも似たようなものになる。

しかし不幸な家庭を思い浮かべると、それぞれに違っている。

トルストイが『アンナ・カレーニナ』でそういう風なことを書いていた。わかる。

ちょっと最近はもうあかんことが続きすぎているので、幸福な家庭を思い浮かべてみよう。

これを読んでるあなたも、ちょっと、思い浮かべてほしい。

どうだろう。

そこにはパンを焼いている親子が登場したと思う。

この日記においてはわたしがルールなので異論は認めない。幸福な家庭を思い浮かべると、どれもパンを焼いている親子になる。

不幸な家庭はパンを焼かない。米は炊く。だからパンを焼けばみんな幸福な家庭になれる。これはライフハックとして覚えておいてほしい。

「パン、焼こう」

わたしが呼びかけると、母は驚愕《きょうがく》した。

「なぜ？」

「幸福な家庭を目指して」

「いま何時やと思ってんの？」

「23時30分」

母の表情が解せぬ一色になってしまったので、わたしは弟を巻き込み、パワープレイでパンを焼くことにした。

こういうこともあろうかと、冷凍生地セットをぬかりなく購入していたのだ。

「ふつうパンって朝に焼くんじゃないの？」

母は心配性で細かいことが引っかかる、気の毒な性質だ。父とわたしとは真逆である。だからわれわれは家族になった。

「ちゃうわ。パンは深夜に焼くねん」

「聞いたことないねんけど」

「深夜に焼いた方がええもんはいっぱいある。クッキー、ケーキ、そしてパンや」

「聞いたことないねんけど」

ベランダから車のエンジン音、散歩中の犬の声、インターフォン、いろんな音が鳴らないから、無心になれる深夜はいいのだ。月の光を浴びると、なんか神秘的なパワーが宿る気もする。カーテンで閉め切っとるけど。

「そういやあんた、昔から深夜にいろんなもん焼いてたな」

それはわたしが横着なうえに不器用すぎて、バレンタインや誕生日パーティーの前日になにひとつ間に合わず、泣きながら深夜までかかっていたからであるが黙っておいた。

深夜のハッピー・パティシエール・ファミリー、今日からそれが岸田一家だ。Wikipedia《ウィキペディア》にだれか追記してくれ。

わたしが大雑把《おおざっぱ》に解凍した生地を、母が折り紙の要領でたたんでいく。解凍しすぎるとデロデロに溶けるので、ちょっとかたいくらいがベスト。

気の毒なことに細かい作業が得意な母にとって、絶好の見せ場だ。

母と得意分野が似ている弟が、カスタードを丁寧に絞っていく。隙《すき》あらばペロンチョしようと二足歩行でうかがっている梅吉も、彼の集中の前に眼中にない。

これはもともとわたしが担当していた作業だが、盛大に服の袖口と腕にベチャッとしてしまい、早々に退場した。戦略的撤退だ。幸福な家庭は、それぞれの役割を自覚している。

ちなみに、どういう原理かまったくわからないけど、なぜか顔面にもカスタードが飛び散っていたので、見かねた弟がササッと拭いてくれた。ベテランのオペ室看護師かと見間違えた。

190℃のオーブンで、15分焼く。

オーブン機能つきのレンジは10年間ずっと給水機能がぶっ壊れてぜんぜんヘルシーじゃないヘルシオを使っていたのだけど、母が入院していよいよウンともスンとも言わなくなったので、新品に買い替えた。

すべてはこのパンづくりのための布石《ふせき》だった。

ちなみにオーブンには予熱という機能があって、あらかじめ190℃に温度が上が

るのを待たなければいけない。

「これ、予熱まだなんかな？」

せっかちなわたしはそわそわして、何度もオーブンを見に行った。

「できたら音鳴るやろて」

「ほんまかな」

「アッ！　いま開けたやろ！　あかんで、それでまた温度下がるやん！」

母に注意されたが、どうにも気になって、3回くらい開けてしまった。モワッとわずかな白い煙が立ちのぼる。そのたびに温度が下がり、予熱完了の音が鳴るのに15分くらいかかってしまった。焼くより時間かかっとる。

生地を入れている間も、わたしはず

っとガラス窓にへばりついていた。焼き目がついて、ムクムクと盛りあがってく様子は見ていても飽きない。

そういえば、幼いころ、わたしはアンパンマンが大好きだった。でも1曲だけどうしてもこわくて泣いてしまった挿入歌がある。

ご存じだろうか。

「生きてるパンをつくろう」という、ジャムおじさんとバタコさんが歌う曲だ。

子ども向けにしてはめずらしい構成だと思うのだが、パイプオルガンを模したシンセサイザーが響く荘厳な賛美歌風パートと、ちょっとおそろしくなるほど元気なポップミュージックパートが、交互に入れ替わる。

おいしいパンをつくろう
生きてるパンをつくろう

ジャムおじとバタコの、そんな穏やかな語りかけから歌は始まる。パン工場でたくさんの美味《おい》しいパンをつくり、住民たちから愛される、ふたりの信念が重く、まっすぐ、高らかに歌いあげられる。
問題はその先だ。

いのちがけでつくろう
いのちのパンを

「今日はパンでも買って食べよっかな」の、パンの意味がまるで変わってしまった。ものすごく重くなった。

どんなえらい人だって
たべずにいれば死んでしまう
死んでしまう
死んでしまう

駆け込んだ立ち食いそばできつねそばを気軽に頼んだら、店の奥からヨボヨボでガタガタの大将が出てきて、口の端から血をにじませながら浅い呼吸でそばを打ちはじめたようなものだ。

そこまでせんでええ。ふつうにランチパックとか薄皮つぶあんぱんとかも置いといてくれ。

あの優しかったジャムおじさんとバタコさんから、突然「死んでしまう」と諭される歌なのだ。めちゃくちゃこわかった。

懐かしいなと思っていまもう一度聞こうとしたら、なんと歌詞が「死んでしまう」から「生きられない」とマイルドな味つけに変わっていた。

大人になったら、戦争で悲しい体験をしたやなせたかしさんが、この詞を書いた意味が少しわかるけど。

だからわたしたちは、つくって、食べなければいけないのだ。いのちのパンを。

ブルーベリージャムデニッシュと、ハムチーズデニッシュだ。焼き立てはまぎれもなく幸せの匂いがする。

ひとつずつ食べて、まだ食べたいねと満場一致したけど、さすがに時間は0時をまわっているので控えなければならない。

ひとつのパンをそれぞれ2口ずつかじっていこうと決めたが、わたし、弟、母の順でかじったら、母はほとんどハムもチーズもないカリカリの端っこをかじることになった。わたしは3口いったし、弟は4口いった。

幸福な家庭では、好きなだけ食べていいのである。

満腹になっていると、すでに21時に就寝していた祖母が、のそのそと起きてリビングにやって来た。

「あんたら、まだ起きとんか！」

事情を説明するとややこしくなりそうだったので、即座にわたしたちは解散した。くもの子を散らすような速さで。

パンはすべてなくなり、幸福な家庭の名残はサーカスが次の街へ旅立つかのごとく、夜の静寂のなかへ消えた。小麦の香りだけが、焚き火《たびび》のように漂っていた。

お耳たらしとったらええねん

2021/04/05 21:27

疲れたとき、普段はあまり見ないTikTok《ティックトック》のタイムラインを、死んだ魚の目でスクロールし続けることがある。検索する気力もないので、機械的におすすめが表示されていくのがちょうどいい。

顔も名前も居所も知らん赤子がすくすく育っている映像などが出ようもんなら、もうけもんだ。赤子は動物でも人間でも尊い。ただし子泣きじじいは除くものとする。

だけど、TikTok側が「こいったぶん疲れとるぞ」と判断してくれるカシコ（関西で言う賢い人）なのか、わたせせいぞうの絵に出てくる男を少々安っぽくしたような人が「人生の指南」的なことを滔々《とうとう》と語る映像にめぐりあうことがある。

わりとね、いいこと言ってんのよ。なんたらの法則とか、うんたらのルールとか。なにひとつ覚えとらんけど。

いいこと言ってんだけど、右耳から左耳に抜けていく。カンガルーの赤ちゃんが寝返りを打った回数は鮮明に思い出せるというのに。

こういう教訓めいたことって、だれに言われるか、いつ言われるかが大切だよなあ。

わたしの母においても、ややこしいことに、同じことが起きている。

「退院したはええけど、これから健康にやっていけるんかな」「食いっぱぐれたらどないしよう、ごはんも喉を通らん」「こわくて眠られへん」

ふとした瞬間にそういうことをベチョッと言う。言いながらもカレーは1人前をペロッとするし、夜中にベッドをのぞいたらスヤッと寝ている。

そのたびにわたしは、

「そんなん、大丈夫に決まってるやん」「こんな娘を育てたんやから、どんな仕事の芽も育てられるわ」「みんな、ひろ実ちゃんのこと大好きやで」

と言って聞かせるのだが、その場では「そうやんな」と安心するものの、数時間後にまた不安に包まれている。

わたしは家族なので、一番信用できるけど、一番信用できない相手とも言える。まっすぐな真剣さも、めんどくさいてきとうさも、持ち合わせているから。

わたしが言っても、ダメなのだ。

しばらく母は自宅療養で、ほかの人に言ってもらうわけにもいかないから、犬の梅吉に言ってもらうことにした。

ペットの写真を取り込んで、人の声を録音すると、写真と音声がいい感じに加工されて、ペットがしゃべっているように見えるというハイテクなアプリを使った。

「梅吉からメッセージあるで、さっきスマホに動画送ったで」

梅吉がキャンキャンとはしゃぐほっこり動画だとでも思ったのだろう。母は生返事をして、スマホを手に取った。以下、梅吉の言葉を書き写す。

「おかえり。まあ病院大変やったと思うけどな、無事に帰ってきてよかったわ。ほんでな、ひろ実ちゃん、いろいろ気にしすぎやねん。もう会社なんてパーッてやめて、お金もパーッてつこて、贅沢《ぜいたく》したったらええねん。それぐらいな、大変なことやってきたから。だーれも怒らへん。まあ、ちょっとな、世間様からは言われるかもしれへんけど。お耳、ないないしとったらええねん。ぼくみたいにな、お耳たらしとったらええねん」

母は腹を抱えて笑いはじめた。

まだ術後の肋骨《ろっこつ》あたりにダメージが残ってるので、「いだだだだ！　いたい！　いたい！　アハッアハハハッアハアハッ」という地獄の住人みたいな光景が広がってしまった。

何度も、何度も、繰り返し見ていた。

最初はゲラゲラと笑っていたのが、そのうち神妙に「そうやんな」「梅ちゃんありがとう」と合いの手を入れはじめたので、やってみるもんだ。梅吉には出演報酬として1・5キロで6000円するフードをあげた。

鳩《はと》が家にやって来たときの愚痴《ぐち》も、梅吉にしゃべってもらった。2歩も3歩も悲劇から遠ざかり、かわいいが支配する喜劇になるので、これはこれでいいなと思った。

そんな日曜日。ちゃうわ月曜日や。しっかりせえ。

明日から、おなじみテレビ出演のために前入りで東京にゆく。

下町の老婆、命の洗濯

2021/04/06　22：59

テレビ出演の仕事のため、東京へ向かう新幹線へ飛び乗る前に、京都でひとり暮らしをする家の候補を見てまわった。諸事情により引っ越す家を失ったので、焦っている。

今出川《いまでがわ》からかなり歩いた古い住宅街にある町家。

もともと予定していた家が町家だったこともあり、町家への期待が高まっていた。写真で見るかぎり、小さな日本庭園をのぞむ映画みたいなバスルームがあったり、年季の入った機織《はたお》り機《き》やかまどを活かした家具がかわいかったからだ。

「遠いところご苦労さま！　いやあ、めちゃくちゃめずらしい物件やわ、ここ」

現地で迎え入れてくれたのは、会社員時代にお世話になった陽気なパーマネントのお兄《にい》だ。普段は大阪の不動産を扱っているけど、わたしがあまりに焦っているのを見かね、1時間かけて車を走らせ、ここまで来てくれた。会社員をしていてよかった。

陽気なお兄はだいたいコミュニケーション能力が異常に高いので、立ち会う管理会社の人と話し込んでいたらしい。はじめて来る場所なのに、すでにいろんな情報をつかみ終えていた。わたしにはできない芸当である。頼もしい。

「もともとは外国人観光客向けの宿泊施設やっててんけど、激減してもて、それで賃貸に切り替えてんて」

だから、観光客が喜びそうな間取りや家具なのか。

「へー、かわいいですね」

半地下がふたつ、小さな部屋がいっぱいあって、迷路のようなつくりだった。めずらしくていいかもと思ったが、もともと住むことを想定されていないので、いろんなネックがある。

「これなんですか？」

玄関から入ってすぐ左手に、半地下のベッドルームがあった。壁に正方形の切れ込みと取っ手がついている。

「それな、小窓」

「小窓」

「玄関の外から開けられるんやって」

「な、なぜ」

「宿泊客に出前とか、アメニティを渡すためらしいで」

それはたしかに、住居では使わないな。

宅配便が来たときに、ここから手と印鑑だけニュッと出せるかもしれないが、唐突すぎるので配達員さんを仰天させてしまう。

「玄関の外に、石でできたベンチもあるんやけど」

「ありましたね」

「そこ、さっきまでおばあさんが座ってたわ」

「えっ」

「けっこうな頻度で座ってるらしい、でもそういうのも風流でええよね」

見知らぬ老婆が小窓からおはぎかなにかをニュッと差し入れてくれるのを想像した。風流だろうか。

大学時代、大阪の下町にある長屋に住んでいたときも、見知らぬ老婆が軒先でくっちゃべっていたのを思い出す。そこは長屋一帯の井戸端集会所《いどばたしゅうかいじょ》と化していた。

こう言っては血も涙もないが、大学に仕事に疲れはて泥のように眠っていたわたしにとっては、うるさくてかなわんかった。

「こないだフランス人のお客さんから『メルシーボク（ありがとう）』って言われてんけど、いややわァ、あたし『うるせえボケ』って聞こえてもて、通報したろか思たんよ」

耳を塞《ふさ》いでいても、こういう下町の老婆のわけもわからんしホンマかどうかもわからん日常譚《にちじょうたん》が飛び込んでくる。パンチがありすぎて、いまでも覚えている。かぎりある脳のメモリをこんなことに使いとうないのだ。

あとから「あれってどういうことですか？」と詳細を掘りに行っても、老婆はポカンと忘れているのに、わたしだけが覚えている。

そんなことを考えながら小窓のことはいったん置いておいて、キッチン、洗面台と見学した。

気になることがあった。

「……ここ、ドラム式洗濯機を置くのは無理ですかね？」

「ああ、ほんまや。洗濯機置場が小さいね」

「わたし、洗濯もん干すのがいやでいやでたまらなくて、どうしてもドラム式洗濯機がいいんです」

「どやろか。ちょっと測ってみよか」

着ていたものを洗って、べチョべチョになったやつを取り出して、乾かして、またたたむ。なんでそんな謎作業をせなあかんねん。わたしにとっては賽《さい》の河原で石を積み続ける行為に近い。

東京に引っ越したとき、冷蔵庫よりレンジより、まずドラム式洗濯機を入手したくらいだ。

おかげでサカイの引っ越しセンターのパンダの段ボールを机にして、ふるさと納税で届いたが保存できなくなった2キロの肉を、べそかきながら一気に焼いて食べ切った。

「うーん、がんばったら入るかもしれへんけど」

「けど?」

「完全に道を塞がれて、人間が風呂場に行けなくなるわ」

まさかの、服の洗濯をとるか、命の洗濯をとるかの、二者択一になってしまった。

一瞬躊躇《ちゅうちょ》したが、人としてどちらも洗濯しなければならないので、この物件は泣く泣くあきらめることにした。

プール！ プール！ プール！

2021/04/07 21:21

弟が通えるスイミングスクールが見つかった。

知的障害のある弟が健康診断で運動不足と肥満と、けっこうしんどめの指摘をされてから、唯一続けられるスポーツである、水泳に通えるところを探していた。

福祉関係の教室は、ヘルパーさんではなく介助者であるわたしの入水が必須で、仕事が立て込んでるときはどうしても行けない。しかも電車やバスで片道1時間はかかる。

ふつうのジムであればなにくわぬ顔でプールに入ることはできるが、弟は褒《ほ》められることが大好きなので、ひとりでは泳ぐモチベーションがなかなか続かない。

2年前に、ヘルパーさんが近所のスイミングスクールの窓口で聞いてくれたのだが、そのときは断られてしまったから、あきらめていた。

でも、このままだと、弟の健康が危ない。1週間先のことを予測して悠々と生きる彼に、数年単位での健康維持は伝わらない。

迷惑だとはわかりつつも、どうか、5分だけでも話を聞いてくれないかと先日、わたしがスイミングスクールの人に連絡をした。

一度お試しでやってむずかしそうならあきらめるし、追加でかかる人件費や設備費も払うし、スクール側で責任がとれないことはなんでも言ってほしいと。お金で都合をつけたいわけではないけど、わたしはエッセイで少なからず弟のことを書いて、生計を立てている。お金は弟のために使うべきだし、このお金を払うことで、弟のような人がひとりでも多く通えるようになるなら、丸儲けである。

力説しながら、「ああ、わたしはクレーマーなんだろうな」と思った。

対応してくれたのは相談窓口のおじさんだったけど、きっと忙しいはずで。大手チェーングループだから、こんな特例に対応するより、もっと効率よく多数のお客さんのために時間を割いた方がいい。頭ではわかってる。

だけどおじさんは親身になって、話を聞いてくれた。

「こんなことをお願いするのも申し訳ないのですが、弟には知的障害があって、ああ、でも身のまわりのことは自分でできて」としどろもどろにわたしが話す。

いままで連絡したことのある、たいていの会社の電話口の人は悪気はなくとも、知的障害という予想しない言葉に「え？」というとまどいの雰囲気がにじむ。差別しているわけではない。どう反応したらいいかわからないのだ。

おじさんはあっさりしていた。「そうですか、なるほど」「ええ、ええ」と、わたしの話に相槌《あいづち》を打ち、まずは正面から受け止めてくれた。相手にしてくれた、それだけのことがすごくうれしかったし、雰囲気が悪くなればすぐに退散しようと思ったが、最後の最後まで、話してしまった。クレーマーを相談者にしてくれたのは、おじさんだった。

そして2週間が経ち、今日の夕方、スポーツクラブから電話がかかってきた。

1度目は打ち合わせでとれなかったので折り返すと、別の担当者さんが「電話をかけた者ですが、今日はあと3時間はプールでコーチをしてまして。7時ごろまでお電話お待ちいただけますか？」と言った。

現場でコーチをしている人だったのか。もちろん快諾した。だけど同時に、これは断られるんじゃないかと予想した。なんとなく。

だから、おじさんから、

「お待たせしてしまってすみません！　ぜひご利用ください」

と言われたとき、ポカンとしてしまった。

「ああ……でも、ジムに慣れるまではマンツーマンレッスンのサービスを使っていただくのがいいと思うんですが、これは一般の会員様と同じサービスでして、少し費用がかかってしまいます。それだけが申し訳ないですが」

「いえ、あの、お金に糸目はつけません！」

おじさんは笑った。恥ずかしくなって「ごめんなさい、そんなお金持ちじゃないんですけど、でも、一般の人と同じお金で通わせてくれるならこれほどうれしいことはないです」と付け足した。

明日の夜、弟が家に帰ってくる。

プール行けるようになったよと言えるのが、楽しみでしかたがない。

令和のたしなみ、きしだなみ

2021/04/08 21:36

東京から戻ってきた。

予定していた時間より、1時間も遅く到着してしまった。おかげで、家のインターフォンの前で「鳴る前にとるわ」と意気込んでいた母を、うっかり待ちぼうけさせてしまった。

遅くなった理由は、神戸市北区の民たちならば都会に行くたび、親の顔より見たであろう神戸電鉄谷上《たにがみ》駅だ。

ここから乗り換えて出発する北神《ほくしん》急行電鉄はつい最近市営化されるまで、日本第1位を誇ったほど初乗り運賃がクソ高い路線だったが、これに乗らなければ北区の民たちは三宮という大都会に出られず、閉じ込められたまま涙を飲んで一生を終える。わたしを含む貧乏な北区の民たちにはひとつだけ希望の迂回路《うかいろ》が残されており、それは神戸電鉄の終点の地、新開地《しんかいち》まで行って阪急電鉄に乗り換えて、三宮に降り立つこと。「なんだよ安い迂回路があるんじゃないか」と思うかもしれないが、ドッコイ！　時は金なり！　つまり時は金で買える！

迂回路を選んだ民は2倍近く時間がかかる（わたしは片道1時間半かかった）のだ。そうまでしてたどり着いた新開地の駅には特段、なにもない。堀井雄二の名作ファミコンゲーム「ポートピア連続殺人事件」の舞台になった町だというくらいだ。夜は駅の構内でてきとうに石を投げると、ベロベロのゲロゲロになった酔っぱらいに当たる。

なんの話だっけ。

そうそう、谷上駅。

谷上駅ではなぜか、19時から20時の1時間は、わたしの自宅に向かう電車の到着ホームが変わる。これに気づかず、なかなか電車来ないなと、30分も待ってしまった。高校のときも、何度も引っかかった罠《わな》だ。

すっかり日も暮れてしまったので、三宮の阪急百貨店の地下で、お弁当を調達していた。物色していると、これが目にとまった。

令和の嗜《たしな》み弁当。

平成のわかりみ弁当、昭和のしゃかりき弁当などもあるのだろうか。

なにが令和やねんと思ったら、弁当を開けると、箱の両脇に仕切りがそびえ立つ仕組みになっていた。横顔が隣から見えなくなるほどの大きさだ。つばが飛ばないよう、パーテーションの役割を果たしている。

雷に撃たれたような気分になった。

「これは、おかずスティール対策か……」

おかずスティールをご存じだろうか。わたしが田舎から上京したその日に、ネットで知った概念である。

みんなご存じ、陸の竜宮城こと「やよい軒」はごはんがおかわり自由である。炊飯器のあるカウンターまで、自分で歩いていって米をよそう。おのずと箸《はし》を置いて席を立つわけだが、おかずスティールはこの瞬間に起きる。

無防備なおかずを、隣席の他人がくすねるというのだ。

この概念を知ったとき、ふるえた。都会では飯を食ってるときすら、油断してはならないのかと。泣きそうになりながら東京で生まれた知人に連絡すると、「そんなんあるわけねえだろ、やよい軒世紀末店かよ」と一笑に付された。

岸田家は、ごくまれに世紀末店になる。

弟が、スティールではなく、トレードをしてくるのだ。先日も家で弁当を食べているとき、少し目を離すと、とっておいただし巻き卵がこつ然と姿を消し、ほうれん草のおひたしが鎮座していたことがあった。弟がしらじらしく、茶をすすっていた。

スティール&トレード対策にいいかもしれないぞ。争うよりも守る、それが令和を生きるZ世代のたしなみなのだ。

ちなみに、あとから気づいたが、飛沫《ひまつ》感染予防シールドとのことだった。やはり世紀末はわたしの周囲にしか訪れていない。

弟を疑ってしまったことに、若干の申し訳なさを感じながら、家の玄関をくぐった。

「なみちゃん、おかーり」

いつもは寝ているはずの弟が、胸になにかを携えて、わたしのことを待っていた。

それは給料袋の入ったポーチであった。

あっ。今日は作業所の給料日か。

「それ、わたしにくれるん？」

「うん！」

泣きそうになった。平日5日、作業所に通って、公共施設の掃除や小さな部品を仕分けして、弟がもらえるお金は7000円だ。お弁当代が9000円するので、実質2000円の赤字であるが。

岸田家に算数という概念はないので、細かい計算はおいといて、そのお金を、わたしにくれるというのだ。感動してしまった。

「ありがとう！　せやけど、そのお金はママと一緒に使い」

「ううん、なみちゃん」

弟はポーチを開いた。

出てきたのは、2通の封筒だった。ひとつは、給料が入った袋。

「これは、ママ」

「えっ」

給料袋は、母にそのまま手渡された。

「これは、なみちゃん」

わたしには、グループホーム利用の請求書だった。

頼れる姉だと思われているのだろうか。

カチコチでダバダバでちっちゃな新生物と暮らす

2021/04/09　20:56

おかげさまで京都の河原町《かわらまち》の家に住むことができそうだ。

京都自体が日本を代表する観光地なのに、河原町はその拠点である。海外からの観光客が押し寄せてきたら、自宅の前は芋を洗うベルトコンベアとなり、ひとたび買い物にでも出ようもんなら作家業のやわな人間など藻屑《もくず》の一片と化すが、日本の経済が爆回転するのを見れるならば、受け入れようではないか。

いくつかの物件を見てまわるとき、わたしの視界には母がくっきり浮かぶ。落ち着いてほしい、母は死んでないので、霊の類ではない。拡張現実（AR）みたいに、いつの間にか母が景色になじむのだ。

「車いすに乗っている母が利用できるか」

はじめて訪れる場所では、無意識に想像している。

車いすに乗っている人といっても、それぞれぜんぜん違う。同じくツッコミを生業《なりわい》とする人でも、どつきツッコミと無視ツッコミでは行動からしてぜんぜん違うし、ネタも相方も変わる。わたしが好きな伝説のツッコミは、上田晋也《うえだしんや》の「阿藤快《あとうかい》と加藤あいくらい違うよ」だ。しびれるぜ。

それと同じで、車いすに乗っていても、ちょっと歩ける人もいれば、母みたいにまったく歩けないし力すら入らない人もいるわけで。

前者は部屋の廊下の幅が車いすより狭《せま》くても、手すりがあればつたい歩きができるが、後者は無理だ。そもそも手すりすらいらん場合もある。うちは12年前によくわからず、「バリアフリーにしてくださいな」と大工さんに頼んだら、一度も使われないまま朽《く》ちている手すりが2本も風呂に爆誕してしまった。

ちょっと話変わるけど、ユニバーサルデザインやバリアフリーを「だれにとっても便利で快適で安心なもの」と説明する人がいるし、わたしもかつてそうだったが、いまは「そんなもんねえぞ」と言い切る。

点字ブロックは視覚障害者にとって便利で安心だが、でこぼこしているので車いすやベビーカーを使う人にとってはガタガタして不便だ。だれかにとっての便利は、だれかにとっての不便。だれかにとっての幸せは、だれかにとっての不幸。

ユニバーサルデザインとは、「だれにとっても便利で快適で安心なもの」ではなく、「前向きなあきらめと、優しい妥協と、心からの敬意があるもの」だと、わたしは思う。そりゃみんなにとってパーフェクトなものを、人類は目指さなければいかんのだけど、何億年かかるわからん。あきらめと妥協と敬意は人にしかもてない、強い意志だ。

この話をしはじめると熱くなってしまうのだけども、なにが言いたいかっていうと、母が利用できる家や店を探すのは、けっこうむずかしいのだ。

持ち家ならなんぼでもトンテンカンテンしたらいいけど、賃貸じゃそうもいかない。10センチの段差は無理だけど、5センチの段差ならひとりで車いすの前輪を浮かせて乗り越えられる。なので「玄関に段差なし」という物件を指定すると、本当は候補に入る物件までリストから消えてしまう。

洗面台やシンクの下に物置きや棚があると、車いすの足が入らず近づけないので、手が洗えない。意外とシステムキッチンだとミッチリ詰まっちゃってるので、リノベーション系の水道管むき出しの方が広かったりする。

スイッチの位置は、高くても棒を使ったり、遠隔操作できる器具をあとからつけたりするので、なんとかなる。

と、こういう具合に、一言で表すことができない。幅や高さのセンチ的にはNGでも、ちょっとした旋回《せんかい》スペースがあれば、例外的にいけることも。本人または家族や親友に同じ状況の人がいて、物件を直接見て、やっと気づける細かさである。

非効率的すぎるので、なんか、生物をつくりたい。

さすがに生きてるものをつくると鋼《はがね》の錬金術師的な課題が発生するので、想像上のイマジネーション生物的な。立体映像でもいいけど。

車いすくらいの背の高さで、全体的にかっちこちで小まわりがきかなくて、手足がダバダバしてて、よく転んでちょっと愛らしい、小さななにか。そういうイマジネーション生物を、そのへんに放しまくって住まわせていれば、だれでもホッコリしながらいつの間にか、そういう視点を身につけられる。かわいい。願わくばモコモコであってほしい。

ひとりで電車に乗っていると、そういうことばかり思いついてしまう。

今日は物件の手続きをいろいろやったあと、母のちょっとしたリハビリにつきあって、外へ散歩しにいった。

帰ってきたら、ちょうど時を同じくして作業所から帰ってきた弟から「ばかたれ！」とわたしだけが叱られた。

ばかたれなんて言葉をどこで覚えたのか驚愕《きょうがく》したのち、なんでそんなこと言われなあかんねんと怒りがふつふつとわいてきて、あわや乱闘かと思いはじめたとき。

「ママ、びょーき。そとあかん！」

わたしが病気の母を連れまわしていたように見えたらしい。

母が「ママは大丈夫やで、ありがとう」と言うと、弟は「ああ、ほんまか。よかった。だいじょぶか？　じゃ、おきなわいくか？」と答えた。

沖縄は、まだ行けへんな。

夕飯は散歩ついでに買ってきた有名精肉店の美味《おい》しい牛肉をみんなでいただいた。アグーもいつか食べたい。「手術でお世話になった牛さんが」「間違えてた豚さんが」と数日前までアワアワしてた母は、見違えたようにぱくぱく食べていた。

お昼は、母とばあちゃんと、豆狸《まめだ》のいなり寿司を食べた。デパ地下によく入ってるお店だ。

それぞれの種類を人数分買えばいいのに、貧乏性の我が家はいつも、「詰合わせ5個パック」的なものを買う。わさびと五目の取り合いとなり、折り合いがつかなくなると因縁のドラフトへ発展する。

母が言った。

「おいなりさん、美味しいよなあ」

ふと気がつく。なぜ、いなり寿司に敬称をつけるのか。弟のことは良太と呼び捨て、わたしですら奈美ちゃんだ。娘と息子よりも、食卓のいなり寿司の方が地位が高い。

「おいなりで呼び捨てにしたらあかんの?」

「えー、なんか変やわ。おいなりさんは、おいなりさんやろ」

「生協のことは?」

「コープさん」

「じゃあマックスバリューも?」

「マックスバリューは、マックスバリューや」

さんをつけるものと、つけないものの違いって、なんだろう。さんがついてると、途端に息が吹き込まれた、体温のあるものに感じる。親しみがわくというか。

ありがとうより、ありがとさん。にんじんさん、さくらんぼさん、しいたけさん、ごぼうさん。両津勘吉《りょうつかんきち》はやはり両さんと呼びたい。でも、ワンちゃんとは言うけど、ワンさんとは言わないね。

さんでも、ちゃんでも、くんでも、なんでもいいけど、身のまわりのものにそうやって敬意と親しみをもって接することができるのは、きっと素敵なことだ。海外でも言うのかな。ミスターいなり寿司。

読んでて気づいた人は気づいたと思うけど、今日はめちゃくちゃ平和で、なーんもなかったのよ。

驚きの白さのご本尊

2021/04/10 23:42

眠くて眠くてたまらず、日記を書く時間から、寝てしまった。

朦朧《もうろう》とする意識の片隅で、「今日は遅れます」とTwitter《ツイッター》（現X《エックス》）に投稿したが、果たしてそれが現実か夢なのか迷った。さっき見たら、現実だったので、ひと安心した。

原因は餃子《ぎょうざ》の王将である。

餃子１日８億個、でおなじみの王将だ。

母と「８億個ってすごいね」って感心していたが、正しくは１００万個であった。

空耳ですべてを覚えるくせ、大人なんだから、いい加減にどうにかしたい。

しかし、王将の餃子の売上は右肩上がりらしく、２０１３年の時点では餃子は１日２００万個になっていた。少なくとも２０００年のＣＭでは１００万個だったので、このペースの倍々で増えると、えーと、何年後や。さっきちょっと計算したけど、なにひとつわからなくて愕然《がくぜん》とした。でもたぶん、生きているうちに8億個は超えるんじゃないか。食は万里を越える。

なにを言いたいかというと、アホになってしまうくらい、王将が美味《おい》しかった。チャーハン大盛り、天津飯、からあげ、焼きそば、餃子2人前、酢豚をテイクアウトして家族で食べたのだが、食卓が「ガッガッガッ」と人が飯をかき込む騒音で埋まった。たまに「これ食べていい？」という静かな申告が入る。思考が停止する。目には、ラーメンに入ってるナルトの模様が浮かぶ。ぐるぐる。

いつもならごはんを食べて、20時くらいにはよっこらせとパソコンを開き、日記を書きはじめるのだが、今日は爆裂に眠たくなってしまったので、横になった。待たせてしまって、申し訳ない。わたしが来た。

今日は朝早くから、洗濯機の搬入があった。

購入してから届くまで1か月も順番待ちだったので、相当な売れっ子洗濯機である。

つい先日無慈悲にもぶっ壊れた、18年ものの洗濯機の代わりだ。よくやった、もう休んでくれ。

機種を選ぶまでが大変だった。

足腰がすっかり弱くなったばあちゃんにとって、縦型の洗濯機はだんだんしんどくなってきてる。さらにばあちゃんは脳のメモリが不足してるので、効率化をはかるため、毎日の行動はオートマチックに近い。ほぼなにも考えず、79年もの歳月ですり込まれた習慣だけで洗濯機をグワングワンまわしているので、洗濯もんの量が多かろうが少なかろうが、関係なく同じ洗剤の量でまわすし、なんなら空でもまわすだけまわす。

こうなれば母も洗濯に参戦できた方がいいけども、縦型の洗濯機では車いすで届かない。ドラム式洗濯機の一点突破。

フィルターや洗剤の投入口が手前にあるもので、操作ボタンもしくはタッチパネルが車いすに座ったままでも見える角度に設置されており、洗剤も適切な量を自動投入、おまけにうちのスペースにデンと置けるものとなると、選択肢が1種類しかなかった。

清水の舞台から飛び降りる気概《きがい》じゃないと買えないPanasonic《パナソニック》の最新機種だ。うちの家にある家電のなかで一番高い。4か月前はボルボを買ったので、舞台からは2度、飛び降りている。ここはバンジージャンプの名所ではないのに。

業者のお兄さんたちがやって来て、満身創痍《まんしんそうい》の縦型洗濯機をまず、運んで引き取ってくれた。

「じゃあ、パンの掃除をお願いします。僕らこれトラックに運んでくるんで」

お兄さんから言われた。

パンの掃除ってなんだ。どうやら、洗濯機をデンと置いてるあの白いステージみたいな場所のことを、パンと言うらしい。

18年ぶりに、明るい場所にさらされるパンをのぞき込んだ。

「オワーッ」

信じられないくらい汚かった。別の部屋で吠《ほ》えまくる梅吉を必死で押さえ込んでいる母が「雑巾！　洗面台の下に雑巾あるから！」と叫ぶが、もはや雑巾でどうにかなる汚れではない。

ちょっとなでただけで雑巾が「すまんな」と言いたげに、闇に染まった。世紀末はここにある。

「アワワワワ」

人間は、手に負えないくらい汚いものを前にすると、茫然自失《ぼうぜんじしつ》としてしまう。闇にのみ込まれるとはこのことである。

あっ、そうだ。

大掃除用にAmazon《アマゾン》で買って結局使わなかった電動回転ブラシがあるではないか。これで汚れを浮かせよう。

キュッ、バチン。ギュルル。

銃みたいな形のブラシを取り出し、電源コードをつないだ。ブラシ部分がいい感じに回転する。そこにちょっと洗剤をつけて、いざ、ドロドロのパンに当てた。

ブババババババババッ。

泥のような汚れが、ブラシの勢いに乗って、右まわりに飛び散っていく。わたしの服にすべての汚れが飛んできて、なんか、そういう参加型のアート作品みたいになった。

玄関のあたりではすでにドラム式の洗濯機が到着しているらしく、ばあちゃんとお兄さんが会話している。

「まあ！　こんなに新しくて、大きい洗濯機になるんですねえ」

「そうなんですよ。乾燥もばっちりできるんで、便利ですよ」

「乾燥？　いややわあ、お日さまで干さないと、気持ち悪くてしかたないでっしゃろ」

「えっ」

「手が一番やわあ」

「ええっ」

元も子もない論調が聞こえてくるが、悲しみのダブルパンチでどうにかなりそうだったのでお耳をシャットダウンして、粛々と着替えた。

このドロドロの服が、新しい洗濯機のはじめての獲物になるのである。相手にとって不足はなしだ。

どうにかこうにかパンを掃除し終わって、ドラム式洗濯機も設置が終わった。

母と弟はたいそう喜んで、「早く洗濯してみたいわ」と言うので、さっきのお陀仏《だぶつ》になった服を放り込んだ。すると弟がわくわくして、その場ですべての服を脱ぎ捨てて同じように放り込んだ。村の祭りである。

「はあ、かしこいわあ。すごいわあ」

「すごいわあ」

称賛を連呼しながら、しばらくせっせと働く洗濯機を眺めていた。

全自動なので2時間もあれば乾燥までチョチョイのチョイなのだが、ことあるごとに現場監督かのごとく、様子を見に来て「やっとるわ」と感心する。称える回数と値段からして、岸田家のご本尊といっても差し支えない。

今日からうちのご本尊は、ドラム式洗濯機です。

まったく話は変わるけど、ダイニングテーブルの端に、1冊余ったわたしの本がいつも置いてある。

食事のたびにばあちゃんがそれをパラパラとめくり、

「これあんたが書いとるんか。すごいなあ。また読ませてもらうわ」

スッと戻す。最初のうちは「それほどでも」と照れていたが、同じことを繰り返し聞かれ、はや1か月が経った。社交辞令がゴリゴリに繰り返されていく。

洗濯際の攻防

2021/04/11　21:11

ガチャ、ガタガタッ、ガンッ、バコォッ！

そんな音で、朝の7時ごろに目が覚めた。

会社員だったころは目が覚めた瞬間に「あっ、これ寝坊だわ」と時計も見ずに悟ることがあったが、これは「あっ、これあかんわ」と悟った。数秒遅れて、冷や汗がどっと出る。コンタクトをつけていないので、ぼやけた視界が余計におそろしい。恐怖の光景を目撃するよりもこわい、得体の知れない恐怖を確認するまでの時間が矢のごとく流れ去る。

ばあちゃんが、力ずくでドラム式洗濯機のドアを叩いてこじ開け、洗濯物を臓物のごとくズルリと引き出し、そのへんのカゴに盛りつけて運んでいるところだった。

しゃがむのもめんどくさいのか、床に置いたカゴを足で容赦なく蹴りたおしながら、ズリズリと進んでいる。

「ちょ、ちょ、ちょ、ちょいちょいちょーい」

叫んだつもりだったが、地獄の夜型でさっき寝落ちしたばかりの貧弱なわたしの喉は、カッスカスにかすれていた。

「な、な、なにをしとるか！」

「洗濯やがな」

「どこに持ってくねん」

「干す」

カゴに詰まっているのは、昨日到着したばかりの、最新型のドラム式洗濯機のなかで、フワッフワのヌックヌクに乾燥を終えた洗濯物ばかりだ。

なにを干すというのか。

二度干しか。あじの干物でもつくる気か。

「いやいやいや！　乾燥までしてくれるやつやから、干さんでええねん」

「はあ？　ベチャベチャで腐るわ」

「どこがベチャベチャやねん。乾いとるがな！」

騒ぎを聞きつけた弟が、カゴのなかをのぞき込み、自分のお気に入りのタオルを引っ張り出した。

頬《ほお》ずりして、顔に近づけ、くんくんと匂って、にやあと笑う。このまま洗剤会社にプレゼンできそうな、完ぺきなリアクションだった。

匂いにこだわる母がルンルンで奮発して選んだのが、ファーファのちょっといい柔軟剤である。香水の匂いがする。洗剤は無香料を選ぶくらい、徹底している。

そんな弟のリアクションもむなしく、ばあちゃんは、

「きたない！　やめなさい！　アホ！」

と弟からタオルを取りあげた。なにが汚いのだ。

「洗濯物は、外に干さな、気持ち悪いねん」

理屈はまるでわからないが、想像はわりとできる。ばあちゃんは60年近い主婦人生で、それが当たり前だったのだ。人間が染みついた習慣を変えるには、身につくまでと同じ時間がかかるとも言われる。上書きというのはそれくらい、大変なわけで。

ばあちゃんの苦労を慮《おもんぱか》り、わかろうとしたのだけど、

「こんな不衛生で高いもん買ってきて、迷惑やわ」

この一言で慮りが爆発四散した。

ばあちゃんもばあちゃんで別に言いたくて言ってるわけじゃないだろうし、数分後には言ったことすら忘れてるし、責めてもしかたないんだろうけども。

ばあちゃんの習慣が塗りかわるころには、もう140歳に達さんとしていることになるので、アップデートは望み薄だ。かといって、洗濯だけにして、干すのはばあちゃんがやるとしても、花粉が飛びまくってたり、そもそもばあちゃんが雨のなか干しっぱなしにしたり、地べたに服を落としまくるので、限界が近づいている。

こうなったらもう、残された道は封鎖しかない。

ばあちゃんが起きても、勝手に洗濯物を引きずり出せないようにする。

チャイルドロックの機能があったが、見た目では鍵《かぎ》がかかっているのがわからないので、ばあちゃんがガンガンと扉を叩きはじめた。そんなチャイルドは洗濯機も想定してない。ふつうに壊れる。

見た目でわかりやすいのは、ガムテープで止めること。ベタベタする粘着面を指で確かめながら、美しく白く輝く本体に、こんなものを張りつけることに躊躇《ちゅうちょ》した。

織田裕二ですらレインボーブリッジを封鎖できなかったのだ。岸田奈美が洗濯機をそう簡単に封鎖できるわけがない。助けてサムバディトゥナイ。もうね、洗濯機の前に、番人を雇うしかないんちゃうかと。ミノタウロスとかさ。ドラゴンとかさ。家庭のインテリアにも合うように、できれば鳥山明先生にデザインしてもらいたい。

こういうすれ違いと言い合いは、しょっちゅうで。

ヘルパーさんや福祉の関係者さんからは、

「おばあちゃんには、子どもをあやすようにね」

「もしくは、いっそビビって忘れないくらい怒鳴ってみるといいよ」

と教えてもらうのだが、いつもそんなこと、できるわけがない。そもそもわたしは怒りや苛立《いらだ》ちのエネルギーを人にぶつけるのが嫌いなのだ。いい人だからではない。「そんなこと言ってる自分が嫌い」になるのだ。わたしは自分が大好きなので。

言葉は跳ね返ってくる。しんどい。

つねづね、どっかの窓口とか店で、バリンバリンに怒鳴ってる人見て、逆にすげえなと思う。体力があり余っとんのか。

かといって、子どもをあやすようにするのも、そんなんできるのは余裕のあるときだけ。あやしたところで「やかましい！」「親に向かって！（親ではない）」と言い返されるので、こっちだって心の江戸っ子が腕まくりを始めてしまう。てやんでえ、てやんでえ。

だから、いまは。

反射的に「もうほっといて！」「大丈夫やから！」と叫んで、やいやい文句を聞き流して、嵐が去って落ち着いてからひとりで対処している。

せやけども、そういうひどい言葉ばっかり口にしてくると、顔つきも変わってくるんよ。

洗濯機は洗面所にあるので、言い合いしているとき、ふと鏡を見てみた。わたしのボヤッとした顔が、ボヤッとしたのはそのままに、眉と目尻だけ吊《つ》り上がっていた。

小鬼だ。小鬼がおる。

あーあ。

別々に暮らすのが、一番いいと思うのよ。ちょっと離れてね。

でもその福祉サービスをちゃんと受けるには、介護認定が必要で。介護認定は3月31日に下りる予定だったけど、お役所と病院の都合で、まだまだ遅れてる。この日記、認定下りんまま終わってまうぞ。マジか。
きみが思い出になる前に。なみが大鬼になる前に。
一進一退で、もうあかんと、もうあかんくないを、行き来している。

ヘラジカのティータイム

2021/04/12 22:35

昨年12月、母のために、手だけで運転できるボルボを買った。全財産はたいて手に入れた、父との思い出の車である。

今日は、例のボルボの点検のようなアレで、西宮までブイブイしに行った。

免許を持っていないわたしも、「運転とかで腕に力入れたら、縫ってる胸がガパァッていくかもしれんで」と先生に脅されている母も運転できないので、徳の高い知人に頼み込んで代わりに運転してもらった。

12月のボルボ納車以来、ディーラーにお邪魔するのは、はじめてだ。

車いすユーザーの母が手だけで運転できるように車を改造してくれる工場を探して、兵庫県中を走りまわってくれた、山内氏の活躍が懐かしい。1件だけ引き受けてくれる工場が見つかり、母が山内氏にお礼を言うと、彼は「なんとしてでも岸田家のみなさんには、ボルボに乗ってほしかったので」とはにかんだ。

だが、もうここには山内氏はいない。山内氏どころか、運営会社がまるごと変わり、われわれとボルボの物語を知る者はだれひとりいない。ということで、ボルボはボルボでも、ここはまったく新しいボルボなのだ。

まあ、そんなことは関係ないくらい、みんな優しいし、店の前に置いてあるぬいぐるみのエルクくんはかわいいけどね。

エルクくんはヘラジカを模したボルボ公式キャラクターだ。なぜヘラジカかというと、ボルボが頑丈なのは森で出くわすヘラジカにぶつかっても安全なようにできているかららしい。ヘラジカに優しいんだねと感動したが、そうでもしないと車は余裕でヘラジカに押し負けるし、なんならヘラジカは無傷だそうな。ヘラジカ強すぎる。

調子の悪いドライブレコーダーを付け替えてもらうことになったので、1時間ほど待った。

「お待ちの間、お飲み物をどうぞ」

優しいお姉さんがメニューを持ってきてくれた。コーヒーとか紅茶かなと思ったら、

ストロベリーラテとか、さくらラテとか、カフェ並みのおしゃれメニューがあって、
ボルボのロゴ入りの、いい感じにちょっと重たくて、コロンとしたフォルムの白いマグカップを片手に、マガジンラックに置いてあったおしゃれな北欧雑貨の本を読む。

「いいんですか……？」と聞き返してしまった。

丁寧な暮らしすぎて動揺しながらも、願わくばここに住みたいと思った。

片づけられていく空のマグカップとグラスを見ながら、唐突に思い出したことがある。10年前に亡くなった父の母、パパばあちゃんのことだ。

夕飯が終わると、パパばあちゃんはいつも、食卓に水の入ったグラスを持ってきた。薬を飲むためだ。

すると父は決まって、「よう見とけよ、獅子舞になるからな」と、わたしと母に耳打ちするのだ。

最初はわたしも母も、なんのこっちゃと思っていたが、見てみると、パパばあちゃんは錠剤の薬を口に放り込み、すぐさまグラスから水を流し込んだかと思うと、頭をブルブルブルブル！　左右に大きく振るのだ。

その迫力に、しばし言葉を失った。まぎれもなく獅子舞であった。

聞けば、パパばあちゃんは薬を飲むのが大の苦手で、そうやって頭を振ると、薬の苦味よりも振動が競り勝ち、苦味を感じないまま喉の奥に薬が落ちていくらしい。そんなわけあるか。

そうこうしてる間にドライブレコーダーの付け替えが終わり、とても丁重に見送られて恐縮しながらも、われわれは次なる目的地、タイヤ館へと車を走らせた。

スタッドレスタイヤから、ふつうのタイヤに履《は》き替《か》えるためだ。

今日知ったんだけど、タイヤって付け替えじゃなくて、履き替えって言うんだね。かわいい。車が玄関で、タイヤを脱ぎ脱ぎしている光景が目に浮かぶ。がんばれっ、がんばれっ。

さっきのボルボのディーラーと比べると、タイヤ館は実に庶民的で、ものすごく落ち着いた。あっちがホテルならば、こっちは実家である。

飲み物はすべてセルフ式で、コーヒーとココア。ボタンひとつでジャバジャバと勢いよく注がれる。現場の厳しい親方が、休憩時間中に「ほら、新入り、好きなの選べよ」と投げてよこしてくれる缶コーヒーのごとき親しみがある。

マガジンラックには北欧雑貨の本などというしゃらくさいものは一切なく、マンガ

『ドカベン』と『島耕作』の総集編が並んでいた。しかも『島耕作』はサンライトレコード出向編である。年末の東京タワータンゴのくだりで人生何度目かわからない涙を静かに流してしまった。

ちなみに島耕作の娘の名は、わたしと同じ、奈美である。

お会計を終え、タイヤを履き替えたボルボに乗って、車の窓から町を眺めた。

どうして今日は、父やパパばあちゃんのことを思い出すのか、わかった。

西宮は父が育ち、生まれた町なのだ。住んでいた場所は、甲子園球場の隣にある久《く》寿川《すがわ》で、父が大好きでオフィスを開いたのが夙川《しゅくがわ》、毎年家族で訪れるのは西宮神社。

このあたりには、父が手がけたリノベーションの部屋もたくさんある。

母が車に乗れるようになったら、ひとつひとつ、またゆっくり、巡ってみたい。

渡りにトーチ

2021/04/13 21:18

昼ごろからあのなんかちょっと前に大阪の商店街でいきなり流行り出した、ふわっふわのほっそいカキ氷みたいな雨が降ってきた。

明日も雨かなとゲンナリしたけど、曇り時々雨に、そしてさっき見たら晴れ時々曇りに変わってる。やったあ。

母と弟が、聖なる火、すなわち聖火を持って走るのだ。

太子町《たいしちょう》だったはずが万博記念公園になったし、沿道での応援もなくなったし、東京に向かって走るのではなく太陽の塔のまわりをグルグルッと点Pのように動くことになったけれども。

気にするまい。

人に求められて、走るのならば。

「ずっとみんなに頼りっぱなしやから、頼られるのはなんでもうれしい」と、母は言った。

ランナーの証として〝聖火のトーチ〟を7万1940円でドカンと買えるのだけど、値段におそれおののいて、あきらめていた。まあ、買っても、使いみちわからんし。父の仏壇のろうそく立てに使うか。バーベキューの火起こしに使うか。使わんわ。

そしたら、今日、母を「チームJAL」として聖火ランナーに推薦してくれたJALさんから、「トーチ、プレゼントするやで」と連絡があった。渡りに船ならぬ、渡りにトーチ。頼られると、いいこともある。

母にはユニフォームがあるが、弟にはない。

「とりあえず家にあるパーカーを着ていこか」

ぼんやり考えていたのだが、今朝になってタンスをひっくり返してみると「adidas《アディダス》」と胸元にめちゃくちゃデカく書かれた黒いパーカーか、わたしが台湾の夜店で当ててきた「バルサのパチもん長袖ユニフォーム」しかなかった。NHKの中継で映してもらえる気がしない。

走ることで頭がいっぱいで、服のことまで頭がまわっていなかった。

「あんたの新品のTシャツ、これ借りていい？」

困り果てた母が見せてきたのは、たしかにわたしが最近ユニクロで買った、一度も着ていないTシャツだった。

「それ、村上春樹コラボデザインのTシャツやけど……」

「えっ、そうなん？」

「明らかに読んでないやろお前は、とツッコミが入るかもしれへん」

「たしかに……」

「聖火ランナーに村上春樹を着ていくのは、ちょっとなんか、文学的な思想も感じてしまうな」

「そうかなあ」

「胸元に〝君はこれから世界でいちばんタフな15歳の少年になる〟って書いてるし。15歳やと思われるかも。ほんまは25歳やのに」

そんなことはないのだが、大役ともなると、ことさらナイーブになりすぎている。村上春樹Tシャツは、走らないわたしが着ていくことにした。

結局、家のクローゼットというクローゼットをあさって、わたしが数年前に着ていた白かったパーカーを引っ張り出した。

白いパーカーではない、白かったパーカーだ。

わたしによる「ジュースこぼし」「泥ころび」「マスタードたらし」など、あまたの迷惑をこうむったパーカーなので、全体的に地球の肥沃な大地の色をしている。

きっと今夜の新しいドラム式洗濯機が、驚きの白さにしてくれるはずだ。そのためにキミは、この家にやって来た。

さて。

着るものが決まっても、肝心なのは、母の体調である。

今日は退院してはじめて、母が大学病院へ診察に行ってきた。14時から検査をいくつもハシゴして、診察と会計が終わったのは17時だった。

「はい。ぜんぜん大丈夫」

先生の見立ては、あっさり花丸も花丸、はなまるうどんであった。

「なーんも問題ないよ」

「明日、万博記念公園で走るんですけど、それも……?」

「なーんぼでも走ったらええ」

「えっ、じゃあ、憧れの海外旅行にも……？」

「なーんぼでも行ったらええ」

欲をかいた母にも、先生はあっさり言った。さすがに海外旅行は、このご時世しばらく行けないけど、希望が見えたのはいいことである。

これは、わたしが外で待っているときに、母と先生が交わした会話だけども。

「ところで、岸田さんにずっと聞きたかったんやけど」

「はい？」

「娘さんってなにしてる人なん？」

「えーと……なんか、あの、エッセイとか書いてる人です」

「あんなに大人しそうなのに？」

「それが大人しくないんですよ、やかましいくらいで」

失礼な話である。

でっかい病院なので、主治医の先生とは、命が危ないかもしれんというときしか、わたしは話していない。そんなときにやかましくツッコミ入れとったらおかしいやろ。

先生ほんまに命助けてくれてありがとう。やかましいのが欲しくなったときは、いつでも呼んでや。

そういうわけで、満を持して、母は明日、元気に走れることになった。車いすは、弟が押すけれども。

聖火を手に、歩きながら駆け抜けて

2021/04/14　21:16

朝8時半に飛び起きた。

いつも飛んで起きるなどということはせず、うだうだと1時間ほど芋虫になり、インターネットの海をクロールで軽く慣らしてからようやく起き上がるけど、今日は特別だった。

母がオリンピック聖火ランナーとして、大阪を走るのだ。車いすを押すので、弟も。あとにも先にも、たぶんないであろう、お宝イベントである。

余裕ぶっこいて準備をしていたら、たった15分で、カオスと化した。

リビングの一番でかい扉がぶっ壊れていたのだが、それを直してくれる工務店の人がやって来た。日程は来週だとてんで勘違いしていたので、大いに焦った。犬の梅吉だけが、思わぬシークレットゲストの登場にギャンギャンとボルテージを爆上げしていた。

和室では気を利かせて弟が、乾燥の終わった洗濯物をたたんでいたのだが、なにやら母の悲鳴が聞こえてくる。几帳面すぎる弟は、さっき脱いだ家族の服も、ぴっしりきれいにたたむのだ。どれがばっちい服で、どれがきれいきれいな服なのか、まるで見分けがつかなくなった。母が1枚1枚、嗅ぎ分けるという大役に泣く泣く徹していた。

そういうわけで、いろいろあって、顔をアレして、服をコレして出かけるので精一杯だった。

わたしだけ、朝ごはんを食べそびれてしまった。

行きのタクシーで、母に、

「おなかへった、なんかないかな」

「ええー！　なんかって、なんやろ」

「ソフトせんべいとか、たまごボーロとか」

「何十年前の記憶なん。のど飴ひとつしかない」

もの悲しいセピア色の会話を、後部座席に取りつけられた、無人の小型カメラがとらえていた。今日はドキュメンタリー番組の取材も入っている。

自然な会話を記録しておきたいとディレクターさんからは説明されたが、会話らしい会話はそれくらいで、あとはほぼ眠ってしまった。

特に、弟の居眠りへの執着はすさまじく、日差しが入ると、寝ぼけたまま服の襟口に頭を埋め、むっくりした筒状になっていた。かの有名な巨大ミミズの化け物、モンゴリアン・デス・ワームのような変貌を遂げていた。

「パーカーやねんから、フードかぶればいいのに……」

「そういえば、パーカーなんてぜんぜん着たことないから、フードの使いみちがわからんのやろね」

今日のために無地のきれいな服を探し抜いたせいで、まさかモンゴリアン・デス・ワームになるとは思わなかった。

しかし結局、万博記念公園の受付棟に着いたら、弟は服の上からビブスをすっぽり着ることになった。べつに村上春樹Tシャツだろうが、梅宮辰夫Tシャツだろうが、なんでもよかった。なんだ。

聖火ランナーはひとりで200メートルを走る。

でも、走るよりなにより、母が一番しんどかったのは「着替え」だった。

トップスはなんてことがないのだが、問題はボトムス。

いつもはベッドに寝ころがって、脱《ぬ》ぎはきするのだが、今日は更衣室だから車いすに座ったまま着替えなければいけない。

「はい、いくでー！　いっせーのーで！」

かけ声に合わせて、母がぐっと尻を浮かせ、わたしがボトムスを引っ張る。そんなに長く浮いていられないので、ちょっと浮いて、沈んで、浮いて、を繰り返す。

着替えたころには、母は登山でもしてきたかのごとき「やり遂げた顔」で、貧血気味に息を切らせていた。まだ走ってもないのに。

上下、聖火ランナーのユニフォームに着替え、1時間のオリエンテーションを受けた。

オリンピック関係はレギュレーションが厳しく、車いすに印字された「どっかのメーカーのロゴ」は、大人のホニャララの事情で、黒いテープをペタペタ貼って隠された。

「こちらが聖火トーチです！　本番はこれに火をつけるためのガスボンベがつきます

ので、1・2キロになります」

そう言って、スタッフのとにかく明るいお姉さんから渡されたのは、上から見ると薄いアルミ金属が、桜の花の形になっている、ピンクゴールドの美しいトーチだった。

1・2キロと聞いて、母はホッとした。

主治医の先生から「走ってもいいけど、3キロ以上のものは、なるたけ持たないように」と言われていたのだ。ちなみに、火の鳥をモチーフにしたロシアのソチオリンピックのトーチは1・8キロだったらしいので、軽量化バンザイ！

昨日まで降っていた雨が、水たまりになってた。

晴れてよかった。

介助用と観覧用のリストバンドをもらったら、黄色と赤でマクドナルドみたいな配色になった。つけてもらった黄色の方はブッカブカで、途中で落っことしてしまった。

一生懸命、トーチを持つ練習をする弟。きみは持つんとちゃうで。押すんやで。

緊張する母に、Twitter《ツイッター》（現X《エックス》）で届いた応援メッセージを粛々と読みあげていく儀式をする。

ここで、母と弟とは、いったんお別れになる。

わたしは徒歩で公園内スタート地点の応援エリアに向かうのだけど、その間に、別所隆弘さんと合流した。まだエッセイを書きはじめたばかりだったわたしのnote《ノート》を読んで、弟との滋賀旅行を撮りにやって来てくれた、スーパーフォトグラファーだ。

スーパーフォトグラファーは今回、スーパーソーシャルディスタンスなでっかい車&激烈超望遠カメラで、駆けつけてくれた。

「こんな一世一代の岸田家のイベント、撮らしてほしいがな!」

いろんな仕事を調整して来てくれた別所さんに甘えて、バシャバシャと素敵すぎる写真を盛りだくさん撮ってもらった。

走行開始の45分くらい前に、母と弟がスタート地点にバスでやって来た。

「ほな、ちょっとリハーサルしてみよか」

母がトーチを持って、弟が押す。

……押さない。

弟が、押さない。

「えっ、なんで?」

「……ので」

なにかを、もごもごと言っている。

「おなかが、へりました、ので」

ファミリーマートで奮発して買ってきた「ごちむすび 牛めし」を、サッと渡した。

でかいおむすびなので、10秒チャージどころか、10分チャージくらいになった。

ぺろりと弟がたいらげる。

「よっしゃ！　ほな、車いす押して、ちょっと走ってみて」

……走らない。

弟が、走らない。

「どうして⁉」

「あぶないです、ので」

なるほど、なるほど。

そうだよね。母、2週間前までガッツリ入院してたもんね。走るなんて危ないよね。

でもそのために今日は、きみがいるんだよ。大丈夫だ。やってくれ。

「っていうか、かっこわるいので」

「かっこ悪いとは」

母の車いすを押す自分がかっこ悪く見えるからかと思ったが、弟はもっと思慮深かった。

母がかっこ悪く見えることを、弟は気にしていた。

なるほど、なるほど。

そうだよね。母、いつも、自分ひとりでブイブイこぐもんね。押してもらう人じゃないもんね。

母はあわてて、

「ちゃうちゃう！　今日はママ、このトーチ持たなあかんねん。だから押してもらわんと、走れへんのよ」

弟は、すっかり地面にしゃがみこんでいた。地面を横切るアリを、じいっと見つめている。もう一度声をかけると、ゆっくりゆっくり、水浴びを楽しむカバのように首を横に振った。

これはあかん。

走行10分前にして、大説得大会が始まってしまった。

「そんなこと言わず、走ったってくださいよ、頼んますよ。1年前から約束してたじゃないっすかあ」

「かんがえる」

弟に忖度《そんたく》はきかない。

一生に一度の記念だから。そういう決まりだから。テレビの取材があるから。大人なら「ようわからんけど、しゃあないな」と丸め込める事情も、弟には「しゃあなくない」。大切なのはいま、自分が、納得できるか、できないかである。

弟が走らんかったら、どないしよう。

車いすにトーチを引っかけて母がひとりで走ることもできなくはないが、いまからだと準備が間に合わないし、母の体力ももたない。

あと5分。もうあと2走者で、母に火が渡る。

そのとき、弟が、ゆらりと立ち上がった。

ぐねぐねと、足のストレッチを始める。

これは……ひょっとすると、ひょっとするか？

「すみませんが、ご見学の方はゴールの方でお待ちください」

警備員さんにうながされて、わたしは後ろ髪を引かれる思いで、スタート地点をあとにした。あとは弟を信じるのみ。

ゴールで、ハラハラしながら、待った。

先導車が、ゆっくり、ゆっくり、こちらへ向かってくる。

それに隠れて、母の姿は見えない。

走っているんだろうか、それとも。

我慢できず、みんながランナーに注目しているなか、わたしはひとりだけスマホの画面を見つめた。NHKの特設サイトで、リアルタイム配信があるのだ。

「岸田ひろ実さんが、いま走っています」

サイトに、その1文だけが表示されている。

アッ!

顔を上げる。

車が過ぎ去る。

母と弟が、見える!

は、は、走ってる。

でも遅いな、想定の6倍くらい遅い……これは走っ……いや、歩……歩いて…?

よく見れば、まわりで5人くらい並走している青い服のスタッフさんたちはみんな、歩いている。それほどまでに弟のスピードが遅いのだ。しかし、弟はハアハア言ってるし、母の聖火を持つ手はプルプルふるえている。

走ってる！　走ってるということにしよう！

走ってるのだ。

だれがなんと言おうと、ふたりは走ってる。がんばってる。いけーっ！

胸に熱いものがこみあげた。ふつうなら泣いたり、手を叩いたりするところだが、なぜかわたしは爆笑していた。

2か月前まで、感染性心内膜炎で死にかけとった母が、弟と、走っとる。拍手が聞こえる。ひとりぼっちで入院していた母が。

5メートルほど前を走る中継トラックの荷台に乗ったテレビカメラが、しっかりとふたりをとらえている。

スマホがとめどなくふるえる。

いろんな人から「観てます！」「すごい！」「がんばれー！」と、リプライやメッセージが飛んでくる。みんなが見ている。わたしは爆笑している。たぶん、ちょっとだけ、泣いてる。

あっという間に、次の走者へのトーチキスになった。

母の腕がプルプルしているのをわかってか、弟がそっと腕に手をそえていた。よくやった。気が利く。

走り終わってから、母はインタビューを受けた。

「聖火リレーを走ってみて、どうでしたか?」

「2か月前、生きるか死ぬかの間をずっとさまよっていました。手術が成功しても、後遺症で動けなくなるかもと言われて、不安でした。でも、聖火ランナーとして走るという役割をいただいていたから『元気な姿を見せられるように、なんとかここに来たい』という、小さな目標ができました」

「一度は延期になったときに、感じられたことは?」

「オリンピックを開催することが、いまの日本にとっていいことか、悪いことか、はっきりと自分の考えを言えません。だけど、延期してでも、今日ここで走らせてもら

桜並木の向こうから、
ゆっくり、ゆっくり、
歩くように走ってきた。

えて、本当によかった。自分だけで決めたことなら、こんなことはできない。人に求められないと、頼まれないと、踏み出せないことってありますから。みなさんのおかげで、達成感でいっぱいです」

ありがとうございますと母が最後にお礼を言った。

神妙な顔で見守っていた弟も、ぺこりと頭を下げた。えらい。

うれしいよなあ。だって、だれかに頼まれて、手を振られながら、喜ばれてゴールまで走ることなんて大人になってからほとんどないんだもん。

ほかにも、母の前に走った人たちは、夫婦でトーチをつないだり、1964年の東京オリンピックで副走者をつとめて憧れていたり、それぞれの思いを抱えていた。

うれしいよね。

見てる方も、すごく、うれしい。

聖火リレーは、いろんな意見があることはわかっているけど、前に向かって走るということの清々しさを知ることができて、本当によかった。

きっとこれからも、この日のことを思い出して、前に進む。歩いてんのか、走ってんのか、よくわからんスピードで。たまに転んでるけど。

「走ったねえ」

「走ったよお」

帰りのタクシーでうとうとしながら、母と笑った。弟はまた、モンゴリアン・デス・ワームで爆睡していた。

明日で、この日記はおしまいです。

おわりに

もうあかんわ日記を終わります

2021/04/15 20:32

3月10日から毎日書き続けてきた「もうあかんわ日記」。

なんと、37日分もありました。

奇《く》しくも37日という日々は、2001年、漁師の武智《たけち》三繁《みつしげ》さんが太平洋でたったひとり漂流し、生還を果たすまでの日数でもあるそうです。

武智さんは「あきらめたから、生きられた」とつづった。いまのわたしは、その意味が、すごくよくわかります。

日《ひ》にち薬《ぐすり》というラストエリクサー並みの万能薬がこの世界にはあるので、確実にズルズルと前へ進んではいるものの。小さな「あかんわ」に何度もつまずき、だれかに話さなやってられんくなって、強がるのをあきらめるように白旗《しろはた》を振るつもりで、始めた日記でした。

その最後の日だというのに、今日はなんも、特別なことが起きませんでした。釣り人も、釣れないときはとことん釣れないって言うしね。

あまりにもなんもなかったので、寝ぐせのひどい母と、おもむろに話しまして。

「今回、病気になってよかったとか、意味があったとか、思う？」

「思うわけないやん！　やってられへんでこんなもん！」

オゥ。

病気には意味があるとか、神様がくれた休憩とか、そういう言いまわしは母の役に立たなかった。でっかい管とか、ズルンズルン抜いて、めそめそ泣いてたもんな。全身麻酔明けって身体も精神もダルンダルンになるらしい。

「とはいえ、なってもうたもんはしかたなくて、いまこうやって元気に退院できたから、結果的によかったこともあるで」

「たとえば？」

「ごはんがおいしい。お好み焼きが特に」

「オゥ……」

「っていうかソースだけでもいい。ソースは天才の発明」

ソースを発明した天才に国をひとつ授けよう。それくらい、病院で食べるごはんは、どうにも味が薄かったらしい。

「でも、家に帰ってきたらいろんなことが変わってて、びっくりした。良太のグループホームとか、おばあちゃんのデイサービスとかも始まってて。ずいぶん楽になって」

「うん」

「いままではわたしが母やからって、ぜんぶひとりでこっそり抱え込んでて、なんも進まんかってん。でも病気になったから、わたしがいなくなったから、思いきっていい方向に進んだこともあった事実に救われたんよ」

母が倒れて、「もうあかんわ」の名のもとに、バタバタとうちは様変わりした。時間もお金もたくさん飛んでったし、たくさんの人を巻き込んでしまったけど、「なるようになれ！」の勢いで、清水の舞台から飛び降りるようにガガッと変えられたことは、たしかに、ここに存在する。

「こうやって、いつでも出かけられて、おいしいごはん食べれて、みんなと話せて。病気はもうしたくないけど、いまのわたしは幸せやと思う」

母が今回の手術で取り替えた心臓の人工弁は、10年から15年で取り替えなければいけないと言われているので、また生死をさまよう大手術が控えているのだけど、それは考えないようにしましょう。弱いわれわれは泣いてしまうので。

「あと、あんたの日記を病室で毎晩読むのが楽しみで楽しみで。笑ったら、胸の傷のところが痛くてなあ」

それはそれは。こちらこそ、書いてもいいよって言ってくれて、どうもありがとうね。

父が亡くなったあとも、母が手術をしているときも、思ったことがあります。

死を前にして、はじめて、人は勇気を出せるし、心から感謝もするし、なにげないことに幸せを感じるということを。

死ぬことにぶち当たると、生きることにもぶち当たる。

死ぬっていうのは、大切ななにかを失うこと。日常をぶっ壊されること。絶望の底まで落ちること。つらく、悲しい。

「もうあかんわ」は、わたしにとって、小さな死でした。

もうあかん。

これ以上はがんばれん。

つらすぎる。

しんどい。

ぜんぶやめたろかな。

そんなことをこのところ毎日、思ってきた。毎日、小さく死んできた。でも、死のあとには生が始まる。命が永遠ではないのと同じで、もうあかん時間も永遠には続かない。

文章に書いてしまえば、不満だらけの現在は、たちまち過去だ。

「もうあかんわ」と言い切ってあきらめたとき、暗い穴の底から見える、ちょっとだけ明るいものとか、見過ごしてたおもしろいものとかを、運よく見つけられた。

わたしはユーモアに出会って、母はソースのおいしさに出会った。いや、出会い直した。とりあえずいまは幸せでよかったねえと、確かめ合えた。もうあかんは、人と共有すると、しばらくしてからよいものに変身する。

悲劇は、意思をもって見つめれば、喜劇になることがある。

だけども〝劇〟にするには、遠くから、近くから、眺めてくれる人がいるわけで。わたしの場合は幸運にも、これを読んでくれる、あなたと母がいたので。

人に笑ってもらうのが好きだから、もっと言うと笑われるより笑わせたいので、おもしろおかしく書いてきたけど。

本当はここに書けない、だーれも笑えない、ほんまもんの「もうあかん話」もたくさんあった。しんどい人も、どうにもならん制度も、不安でいっぱいな未来も。もしかしたら、そっちの方が多いかもしれん。

そのたびに、落ち込むし、泣くし、恨みごとを言いたくなるし。世のなかを敵にして滅ぼそうとする魔王の気持ちもわかったし。

でも、聞いてくれる人が、読んでくれる人が、ここにいたから。

どうしようもない日々を、とにかく書いて。起こった事実を。頭のなかに飛び散っている感情を。もうあかんという叫びを。人に伝えるために、言葉を拾い集めて、なんとかかんとか並べていく。

そしたらたまにボケたくなったり、ツッコミたくなったりしたので、それも添えて。わからないことは、ちょっと調べて。いらんことも、ふりかけみたいにまぶして。

文章にすると、一歩引いたところから落ち着いて岸田奈美を眺めている気分になって。

「もうあかんと思ったけど、こういう人に出会えたな」「こういういい偶然が起こったな」「捨てたもんじゃねえな」と、独り言をいって。

余白に、新しい感情が、ぽこぽこと生まれる。

そのうち、なんか起こっても、「前に書いたもうあかんわ日記より、まだマシやな」と笑えた。人生を編集して、無意識にためよう、もうあかんわ経験値。

このために、作家になったのだと思いました。

もうあかんと思えたから、いま、わたしは生きている。

今日で「もうあかんわ日記」は終わりますが、もうあかん日々が終わることはないので、これからも、もうあかんわと嘆きながら笑っていこうと思います。

もうあかんわと言った瞬間に、もうあかんくなくなることを思い知りながら。

わたしの取るに足《た》らないこれまでの人生で一番好きな映画「イミテーション・ゲーム　エニグマと天才数学者の秘密」で、ふつうの人間でありたかったと悩む主人公のアランに、彼の理解者であるジョーンは言うてました。

「あなたがふつうじゃないから、世界はこんなにすばらしい」

いつか「あなたがもうあかんと言えたから、世界はこんなにすばらしい」と、言えるようになりたい。あなたにも、わたしにも。

だれかが、もうあかんと伝えて、それが届いてはじめて、変わることってあるはずだもんね。

文庫あとがき

シュバッッ。『もうあかんわ日記』完結3年後の世界よりやって来ました、岸田奈美です。ちゃんと元気にやってます。今はわりと、だいじょうぶになってる方です。

久しぶりに読み返して思ったのは、よくもまあ、こんなにも、書くことがあったもんだなあと。どこか他人事に思えてしまうぐらい、書いたことを忘れていました。

怒濤《どとう》の日々をへこたれず生きていくために、その日のしんどいことは夜の内に忘れてしまおうと、書きはじめた日記でした。忘れてしもてるということは、作戦成功ですね。

ところが、最近、こんなことがありました。

知人から突然、電話がかかってきて。

「カ、カ、カエルが、家んなかにおる！　助けてえっ」

ふるえあがっとる。なんか、寝ようとしたら、足元にごっつい大きなカエルがおったらしく。鳴き声がすさまじく、のっしのっしと歩く音すらも聞こえるので、もうたまらんと。

しかたないのでわたしが駆けつけ、カエルを捕らえて、外へ逃がすことになりました。

「なんでやねん。あんた、なんでそんなに強いねん」

知人が呆気《あっけ》にとられてるんで、よう考えてみればそうやわ。なんでやろか。でも本当にぜんぜん、平気なんですよ。そしてカエルを両手で包んだとき、意識が飛びました。

手のひらに伝わる、どくん、どくん、と太鼓を打つような心臓。指がやわらかくめり込んでいく皮膚。なんとも言えず見つめあう目。

ありゃっ、これ、知っとる。

そうや、鳩《はと》だ。

鳩の方がもっと熱くて、もっと激しかったけど。

実家のバルコニーの景色がブワーッとよみがえりました。必死こいて張ったネットに絡《から》まりやがった、あの憎き鳩。起きぬけにパジャマ一丁で、どえらい寒かった。逆さの鳩の腹を押さえながら、ネットをパチン、パチン、と切っていく。鳩の羽ばたく風を、もろに顔で受けて。

……あったなあ。

手がカエルを持っただけで、脳による鳩の再放送。おお、鳩よ。わたしはお前を助けたことで、強くなり、カエルを助け、果ては知人を助けることができたのだ。だいじょうぶになれたのだ。

出来事は忘れてしまっても、感覚だけはずっと残るんですね。カビだらけで酸っぱく臭うソファも、おばあちゃんが洗濯機から引きずり出すビチョ濡《ぬ》れの服も、深夜に立ちこめるパンの香りも、桜の咲く沿道で母と弟の到来を待つ間の動悸《どうき》も。

感覚だけは、ついさっきのことみたいに、思い出せます。いったい、なにがどうして、そんな羽目になったのかの経緯は取り出せなくても。

感覚を思い出すと、身体がどこか遠くへ飛んでいくような気もします。

頭木《かしらぎ》弘樹《ひろき》さんの『食べることと出すこと』という本に、忘れられない話があります。

難病で入院している頭木さんには、ひどい痛みがあって、でもその痛みのことをだれにもわかってもらえず、話すこともできず、泣くことすらもできなかった。孤独の苦しみがあった。そんな頭木さんの病室へ、以前同じ病室にいたおじさんがフラッと訪れる。おじさんは、以前に入院していた病室をのぞきに来ただけらしい。頭木さんがなにげなく痛みの話をすると、そのおじさんが急にぽろぽろと涙をこぼしはじめた。頭木さんはすぐにわかった。このおじさんは、この痛みを本当にわかっている人だと。頭木さんははじめて、一緒においおい泣いた、という話です。

書いているだけでいまも、わたしまで泣きそうになります。でも、いま、わたしの意識は、別の病室にあります。母のいた病室です。死ぬかもしれない母に、準備していた言葉をなにも言えなかった。背中をさすりあいながら、ふたりでぼろぼろ泣くしかできなかった。手続き以外の面会が禁止されていたあの時期、ほかのだれともこの後悔を共有できませんでした。ひとりで病院の外に出て、風に涙が冷やされ、荒れた頬《ほお》がヒリヒリ痛む、あのさみしさ。

頭木さんの感覚がわたしの感覚へと、記憶がつながっていくんです。それがとてもうれしくて。わたしの場合は、記憶を振り返ったあとに笑けてきます。ありゃ大変だったなあって。

そう言えば『もうあかんわ日記』を読んでくれた人の感想には、突拍子もなく自分の話をしているものがよくあります。

「岸田さんの話とはちょっと違うんですが、こういうことがあったんですよ」

ってな具合に。こないだもらった感想に書いてあったのは、大好物のオクラの種を植えたら、1週間も経たず枯れてしまったけど、なんと復活して芽が出たので、せっせと世話して、待望の花が咲いたと思ったらただの雑草だったから、泣きながら抜いたんです……と。

ほんまにぜんぜん違う話やんけ！

ズッコケましたが、なんか、うれしかったです。

もうあかんわ、という感情は、簡単には共有できないので。愛とか喪失とか、大きすぎるものに似てるので。説明しようとすればするほど、本当からは遠ざかっていくので。

だからもう、ぜんぜん違う話をつないでいくしかないんですね。

「もうあかんわ、で思い出したんやけどね」

それでみんなが好き勝手に話していくうち、おいおい泣いて、おいおい笑って。もうあかん日々を越えていく。そんな日記を書けていたら、よいのですが。

解説　逃げ出さないナミップリン

頭木弘樹

「もうあかんわ」と心から思うことがある。

「もう無理」「もう限界」「もういっぱいいっぱい」

人によって表現はちがうだろうが、心が、あるいは体が、あるいは両方が、「もうあかんわ」と音を上げることがある。

マラソンのオリンピック選手だって、ずっと走りつづけてはいられない。いつか「もうあかんわ」となる。大食いが自慢の人だって、ずっと食べつづけることはできない。いつか最後のひと口が入らなくなる。

しかし、人生は、「もうあかんわ」となっても走りつづけなければならない。飲み込めないことを飲み込みつづけなければならない。

もし投げ出すことができるなら、逃げ出すことができるなら、それがいちばんいい。

仕事がきついのだったら仕事を辞める、結婚がきついのだったら離婚する、家族がきついのだったら家を出る。

しかし、そうもいかないことがある。もう限界に達しているのに、さらにその先をつづけなければならないことがある。そんなのはもう無理なのだ。無理なのに、無理が許されない。許されなくたって無理なのに……どうどう巡りのうちに、否応なしにさらに無理な明日がやってくる。

そんなとき、いったいどうしたらいいのか？　どうやって生きていったらいいのか？　他の人はどんなふうに生きているのか？

そういうことが書いてある本が意外にない。

もう大丈夫になった人が、「昔は大変だった」などとふり返っているものはあるが、懐かしそうに語られても、今まさに「もうあかん」となっている人間にはさっぱり響かない。

ところが、この本の著者の岸田奈美さんはまさに渦中の人だ。「もうあかんわ」となっている状況をリアルタイムで発信している。

とくに本書はそうだ。岸田奈美さんの本はすでにたくさん刊行されているが、本書の特徴は、なんといっても、37日間、毎日書きつづけた、連続した日々の記録というところにあるだろう。

長期間の中から、大変だった日だけをピックアップしたのではない。もう過去になった日々を、「あのときは大変だったなあ」と、大丈夫になってから回想しているのでもない。

今日起きていることを、毎日書いているのだ。

それでも、こんなにも「もうあかんわ」なことが起きている。

これにはびっくりした！

岸田奈美さんは「もうあかんわ」のまま生きている。

私は夢中になって読んだ。やっぱり、日記ってすごい！　過去の回想だと、どうしたって要約とか、解釈とか、因果律とかが入りこんでくる。でも、日記にはそれがない。そのときの生な感情が書いてあり、その時点では明日のことはわかっていない。これほどスリリングなことはない。

しかし、「もうあかんわ」というような話は、普通、なかなか世に出てこない。

解決していない「もうあかんわ」を読まされるのは、読むほうもつらいからだ。

だから、「もうあかんわ」になっている人たちは、だれにも話をじっくり聞いてもらえず、さらに孤独になってしまう。

だが、岸田奈美さんの話は、みんなが読んでいる。読みたがっている。SNSやブログのフォロワーは累計30万人以上だ。

これはすごいことだ！

「もうあかんわ」をみんなが楽しみにするという、コペルニクス的転回が起きている。


かつて、悲しい話と、笑える話は、別々のものだった。

それをチャップリンがひとつにして、泣ける喜劇を作った。

これは画期的なことだった。

悲しい話で、人を笑わせることができるようになったからだ。

この本の最初のほうで、著者の岸田奈美さんはチャップリンの言葉を引用している。

それにならって、私も引用してみよう。

人は圧倒されるような失意と苦悩のどん底に突き落とされたときには、絶望するか、さもなければ、哲学かユーモアに訴える。

（『チャップリン自伝　栄光と波瀾の日々』中里京子訳　新潮文庫）

私は自分が難病になったとき、ただただ絶望した。そして絶望の本を出した。しかし、岸田奈美さんは、「さもなければ」のほうに進んだ。「ユーモアに訴える」ということをした。

まさにチャップリンと同じであり、「ナミップリン」を名乗る資格がある。

「さもなければ」を選ぶのは、決して簡単ではない。自由に選べるものでもない。そうするしか生きていくすべがないという、切実なものだ。

もうひとつ、チャップリンの言葉を引用しよう。

多くの人から「どうやって痛ましさや人々の苦しみからコメディを作れるのだ？　どうやって世界のもっとも大きな悲劇を笑うことが出来るのだ？」と聞かれます。私はこう説明します、私たちが生き延びることができる唯一の方法は、私たちの困難を笑うことなのです、と。
（『チャップリン作品とその生涯』大野裕之　中公文庫）

岸田奈美さんも「理不尽なこの日々を、こうやって笑い飛ばしてもらえたら、わたしはそれで救われる」と書いている。

私は、本書を読んでいるあいだに、何度笑っただろう。そして、笑ったあとで、じんときただろう。

すごく個人的なところをあげさせてもらうと、

「母はぼろん、とマンガみたいな涙をこぼしかけた。感謝で胸が張り裂けそうとはこのことだが、本当に胸を裂いたので、半永久的にこの表現は使えなくなった」

ここで思わず笑ってしまったが、じつは私も手術でお腹を裂いたので「腹を割って話す」などの表現は使えなくなっている。しかし、それが笑えることだとは、気づいていなかった。

もうひとつ驚いていることがある。

岸田奈美さんは障害や病気の当事者ではない。

心臓病で車いす生活なのはお母さんであり、生まれつきダウン症なのは弟さんであり、認知症でタイムスリップするのはお祖母さんであり、よく吠《ほ》えるのは犬である。

つまり、岸田奈美さんは、逃げ出すことができる。

逃げ出せば、「もうあかんわ」となることもなくなる。

「家族のことなんだから、逃げるわけにはいかないでしょ」と思うかもしれないが、そんなことはない。逃げている人はいくらでもいる。私も病院でそういう家族をたくさん目にした。

逃げ出すのは、意外に簡単なのだ。大ゲンカをすればいいのだ。家族の中に「もうあかんわ」という状況が発生すれば、どうしたってもめることもある。それをきっかけに、家族から距離をおけばいいのだ。「家族が障害や病気を抱えたので、逃げ出しました」というのでは、外聞もよくないし、罪悪感をおぼえてしまうが、「家族にこんなひどいことを言われた／されたので、もうとてもそばにいる気持ちにはなれません」と言えば、周囲にも説明がつくし、自分も罪悪感をとらわれずにすむ。もちろん、そこに欺瞞《ぎまん》があることは周囲も当人も気づいているが、「まあ、しかたないよね」と思う。だれだって「もうあかんわ」からは逃げ出したい。

私も、もし自分の難病から逃げ出せるものなら、秒で逃げ出す。着の身着のままで、たとえはだしでも、そのまま、脱兎のごとくすごいスピードで逃げ出す。すべてを捨てて。ふり返ることさえしない。できるだけ遠くまで走りつづける。走れ、走りつづけよ。

でも、当事者だから、逃げられないだけだ。

だから、当事者ではないのに逃げない人にとても興味がある。なぜ逃げないのか？　なぜとどまれるのか？　なぜ「もうあかんわ」の状況に身を置きつづけられるのか？　それを知るためにも、さらに岸田奈美さんの書くものを読みつづけたいと思っている。

障害や病気の話は、〝大変だけど健気にがんばっていて感動的〟という、ひとつの決まった物語の型におしこめられやすい。そこに〝家族もの〟の要素がからむとなおさらだ。

しかし、岸田奈美さんの書くものは、そんなテンプレから、いきおいよくはみ出している。そのはみ出しが好きだ。

最後にもうひとつ、チャップリンが娘に語った言葉を。

人は優しいものなんだ。だって、お前の帽子が風で飛ばされたとしても、後ろの誰かがきっとひろってくれるだろ？

（『チャップリン 作品とその生涯』大野裕之 中公文庫）

岸田奈美さんの文章を楽しみにして読んでいる人たち、今この本を手にとっているあなたは、風で飛ばされた帽子をひろってくれる人たちなのだと思う。

本書の最後に書いてある岸田奈美さんの言葉を、もういちどくり返しておきたい。

「だれかが、もうあかんと伝えて、それが届いてはじめて、変わることってあるはずだもんね」

（かしらぎ・ひろき 文学紹介者）

本書のプロフィール

本書は、二〇二一年五月にライツ社より単行本として刊行された作品を加筆して文庫化したものです。


本書のテキストデータを提供いたします。

視覚障害・肢体不自由などの理由で必要とされる方に、本書のテキストデータを提供いたします。

こちらの二次元コードよりお申し込みのうえ、テキストをダウンロードしてください。

小学館文庫

もうあかんわ日記《にっき》

著者　岸田奈美《きしだなみ》

二〇二五年二月十一日　初版第一刷発行

発行人　北川吉隆

発行所　株式会社 小学館

〒一〇一-八〇〇一
東京都千代田区一ツ橋二-三-一
電話　編集〇三-三二三〇-五六二三
　　　販売〇三-五二八一-三五五五
印刷所-TOPPANクロレ株式会社

この文庫の詳しい内容はインターネットで24時間ご覧になれます。
小学館公式ホームページ　https://www.shogakukan.co.jp

ISBN978-4-09-407435-2
JASRAC　出　2410192-401